你的努力，是一切美好的开始

后园 作品

中国友谊出版公司

图书在版编目（CIP）数据

你的努力，是一切美好的开始 / 后园著. — 北京 ：中国友谊出版公司，2017.6

ISBN 978-7-5057-4063-1

Ⅰ. ①你… Ⅱ. ①后… Ⅲ. ①散文集—中国—当代 Ⅳ. ① I267

中国版本图书馆 CIP 数据核字（2017）第 105015 号

书名 你的努力，是一切美好的开始
作者 后 园
出版 中国友谊出版公司
发行 中国友谊出版公司
经销 新华书店
印刷 北京盛通印刷股份有限公司
规格 880×1230 毫米 32 开
9.75 印张 220 千字
版次 2017 年 7 月第 1 版
印次 2017 年 7 月第 1 次印刷
书号 ISBN 978-7-5057-4063-1
定价 39.80 元
地址 北京市朝阳区西坝河南里 17 号楼
邮编 100028
电话 （010）64668676

如发现图书质量问题，可联系调换。质量投诉电话：010-82069336

目录

PART 1

你的每一点努力，时间通通会记得

你的梦想喂狗了吗

文 / 牧脊

只要从现在开始努力，最坏不过是大器晚成。相信自己，你要成为何种人，就该为之努力。

此刻已经是深夜，我还在美术馆忙着下一个展览的事情，从策展到布展，耗时耗力不可估量，精神一度萎靡不振。对面陶瓷馆也还亮着灯，拉坯机还在转动着。

“还不走？”

陶瓷馆的首席制陶师跑过来，倚在门口和我说话。

“你不也还在拉坯吗？”

他转身回陶瓷馆，泡了一杯咖啡给我送过来，说：“如果累的话，过来玩泥拉坯放松下。”

今年他三十三岁，别看他现在是陶瓷馆的首席制陶师，在三年前，他是一个一无所有的三十岁即将步入中年男人行列的屌丝。

三十岁以前的他是做建筑设计的，工作既辛苦又累，压力非常大，头发一绺一绺地掉，像霜雪吹满头，人未老已白首。

二十九岁的时候，和他谈了五年恋爱的女友提出分手，只因为他工作忙没时间陪她还没钱，看不到未来的样子，又不想同甘共苦；分手的时候，还拿走了他全部的积蓄。

和女友分手后，他对人生感到困惑和迷茫，在建筑设计领域做得一塌糊涂，勉强糊口，还把女友搞丢了，人财两空，要多么失败才会将生活搞成一团糟。

想转行做别的，却不知道做什么。从头学起，会不会太晚，当时的他像无头苍蝇一样，乱撞乱碰，对人生感到绝望。

他说，那段时间我常这样问自己，除了这份朝九晚五，不对，天天加班到深夜的工作，身体越来越吃不消，又没有任何一技之长，我还能做什么，怎么奢望过上想要的生活，难道我的人生就这样了？

在消沉中，他遇见了他的大学老师，开了一家陶瓷馆，也还刚起步。他的老师叫他去陶瓷馆玩玩泥巴，放松一下心情。

他坐在拉坯机前，认真专注捏泥的时候，完全忘记了时间的流逝。那一刻，他只想好好打磨手中的泥团，将它们捏成自己想要的样子，在揉泥巴的过程中，像是与心对话。

老师说："你来和我做陶瓷吧。"

他说："我都三十岁了，这是手艺活，人家十多岁就开始学，我现在来做这个会不会太晚？"

老师说："只要从现在开始努力，最坏不过是大器晚成。相信自己，你要成为何种人，就该为之努力。"

他像打了鸡血一般，被老师的话打动了。回去后就辞职了，和老师一起做陶瓷。

他说，老师五十岁了，还愿意折腾，舍弃大学教授的名誉和地位，窝在陶瓷馆捏泥巴，他并不比我强多少，做陶瓷的手艺也才刚刚和师父学的，我才三十岁，还怕什么呢?

在陶瓷馆的日子，他夜以继日地学习拉坯和练习画瓷，日子过得非常清苦，因为是学徒，没有薪资待遇。

这三年，他无法想象自己是怎么度过的。没朋友，没约会，没任何饭局，没买过衣服，甚至很少走出陶瓷馆。在日复一日枯燥繁重的揉泥、找重心的过程中，精心打磨作品，并竭尽全力。

虽然也累，但那只是身体的累，精神是愉悦的。精疲力竭的身体给人安心的感觉，他是非常享受这种专注跟安静的。做陶瓷的日子，他早已忘记外面的世界。累了，看看书，种几盆花草，这便是他业余时间所有的娱乐。

他说，人活着，要做喜欢的事情，才不算白活。能找到想做的事，能做想做的事，很幸福；能安静地做陶瓷，就很知足。

经过三年的努力，他做的陶瓷都卖出去了，还有许多签约订制的，从一无所有到吃穿不愁；从学徒到首席制陶师，这一路走来，跌跌撞撞，但有成就。这还远远不够，在做陶瓷的这条路上，他说他还只是一个新手，还在不断摸索精进手艺。

从来没有不经历迷茫和挫折就能得到美好，虽然现在生活仍有许多苟且，但我发现其实苟且也是美好的赠品。

我想，这世上不会有一样学习叫作浪费，只有一个东西叫作浪费，就是犹豫不决。当你决定要去做的时候，就放手一搏吧，不要犹犹豫豫，考虑太多反而一事无成。

最近刷遍朋友圈的最帅、最炫老大爷王德顺，为“喜欢就努力追求，年纪再大依然可以活出精彩”做了最好证明。

他二十四岁当话剧演员；四十四岁开始学英语；四十九岁创造了造型哑剧，到北京成了一名老北漂，没房没车，一切从头开始；五十岁，他进了健身房，开始健身；五十七岁，他再次走上了舞台，创造了世界唯一的艺术形式，它叫活雕塑；七十岁，他开始有意识地练腹肌；七十九岁，他走上了 T 台。他今年八十岁，还有梦，还有追求。

我们有多少人是手握一把烂牌，打出想要的局面的；又有多少人，早早对人生缴械投降，彻底认怂，过着堕落不堪的日子？

前两天看了一篇麦家的文章，说他的《解密》写了十一年，退稿十七次，他依然坚持着没放弃。虽然他早已有名气，可在写书的这条路上为自己的坚持而坚持着。

为了写《解密》，他去西藏驻守，在神秘又荒凉的地方，每天都在思考。还反复阅读博尔赫斯的书，甚至他的很多诗都能背诵出来，他的小说也能大段大段背诵。

在西藏的三年，他像一个僧侣一样，完全沉浸在单调孤傲的日子里，可文学生活很丰富，这就足够了。虽然退稿十多次，稿子一改再改，但最终在他坚持和努力的探索之下写成了《解密》。

“我没有温柔，唯独有这点英勇，跌下来再上去，就像是不倒翁，明明已是扑空，再尽力补中。”

再听杨千嬅的这首《勇》，听完别人的故事，也亲眼见证身边的人通过努力成长成应有的样子，这让我更加坚定方向。

这么些年，我没有为什么事情坚持过，唯有在写作和写书法的这条道路上，还在战战兢兢坚持着。

关于写作，到现在，似乎没有拿得出手的成绩，我既没有出书，也没有爆款文章拿来炫耀。我不会写现在流行的鸡汤励志，不会追热点，但我想，只要写得好，咸菜稀饭也会有人欣赏的。

写作这件事情我要做一辈子的，只要坚持不懈，每天努力码字，多读书，多学习，精进写作技巧，总会越来越好的。只要时刻准备着，也就不怕没有机会。只有打心眼里认可的事情，努力去做，才不会长出鬼鬼祟祟的气质。

其实写书法，也是近一年时间才开始练习。当初还想，一把年纪，开始对书法感兴趣，顶多也就业余玩玩吧，没想出什么成绩。

从对书法一无所知，连毛笔都拿不稳，中锋练不出来，到现在写行草《王羲之圣教序》，有业内人士看过后，还想买我的字。虽然还在临帖阶段，还没有创作自己的风格，但这样的成绩总归是让人欣慰的。

有些事情努力去做了，总会有结果，而想太多不去做，就什么都没有了。时间过得太快，我不想对不起自己。

还陷在迷茫中的人们，拨开迷雾，找到自己想要做的事情，去努力奋斗吧。只要你肯用心去做，耐得住寂寞，守得住心，所有努力都不会白费。与其待在原地纠结质疑，不如在折腾中看清楚自己。

还记得年少时的梦吗？像一朵永不凋零的花。

人生，从你动手去做的那一刻开始，就会变得不一样。不管多大年纪，下定决心，一切都不会太迟。就算大器晚成，总比碌碌无为，平庸一辈子要好。

不要让你的梦想喂了狗，苟且地活着。

你怎样成了今天的自己?

文 / 清淡

当你一定要一样东西的时候，就一定会得到。

又过了一年。小时候对新的东西总是格外珍视。新买的衣服，小心着穿，生怕哪里碰脏了。新发的书，也小心地呵护，字迹一笔一画，边角平平整整。最深刻的应该是第一个污点产生时的懊恼，再后来错误越来越多，就有种破罐子破摔的心理了。

说实在的，我本身是个充满无聊气质的人。通常并没什么上进心，喜欢做很多看上去毫无意义的事，比如看蚂蚁，看路人表情，发呆，捡小石子和树叶，拍天空。我也实在说不出做这些的意义何在，却还乐此不疲。所以身边的人总是觉得我呆呆的，反应也是慢半拍，通常叫好几声才懒洋洋地从自己的世界里出来。

记得有朋友说过，如果你的每一次跳槽都不能比原来工资更高或发展空间更大，那你的这次折腾就是徒劳，并不具备实际意义。也是，现在大众普遍的价值观都讲究一个：实际。就像与人初相遇，先看到的必定是彼此的脸及身材一样。但你并不能为此就说对方肤浅，如同你不能一听到有姑娘说要嫁个经济条件好的男人，就认为对方拜金一个道理。

我发现自己大多时候的不快乐，都源于与他人对比。当然我所说的“他人”多数是同自己关系好的朋友，陌生人一般情况是激不起涟漪的。女人生性善妒，真遗憾我也不能免俗，即便很多时候会克制这种情绪。说白了还是格局不够大，有些时候小魔鬼就会跑出来说，瞧瞧人家。

我之前提过：有些人以购物为乐，而自己却以丢弃为喜。每到年底都要做一次大扫除，从人际到物品，这种形式上的动作，却能让心里舒服不少。

朋友圈是负面情绪的起源地，从此处着手，把那些好几年没联系，突然加了我却一言不发只发代购信息的，全部清理了。然后是那些整日只知抱怨的，全部屏蔽。又挨个去转了转，会发现很多常年不说话的网友、几面之缘的朋友，原来人家早就把我清理掉了。其实也没有刻意舍弃，只是自然而然的，无疾而终是感情常见的状态，都是水到渠成没有交集了。大多情感都是相伴一程而已，倒是真的没多少感伤，好在重要的多数没走散。

剩下的多数都是看似生活圆满自足的了，各种旅行，风景美食，文艺画展。这个月在西班牙喝咖啡，下个月去济州岛喝咖啡。写些有趣的文章，品鉴些古玩书画，总之是丰富美好的生活。看了多数让人产生一种打了鸡血的动力。当然如果是低落时看了就会更加低落，因与自身落差较大。

“人生唯一的不幸就是自己的无能。人的一切痛苦，本质上都是对自己的无能的愤怒。”

当然，没有人愿意承认自己能力不够，虽然总是遇到那么多无能为力的事。很多事情，反倒是取决于自己渴望得到的欲望指数。就像吸引力法则一样，当你一定要一样东西的时候，就一定会得到。类似于《牧羊少年奇幻之旅》讲的那个故事里说的那样。

我是个极为相信因果的人。总觉得世事关系，多为种因结果。或许不会在同一个人身上显现，但终归善恶有报。生活也是这般，你把时间花在哪里，就会在哪里开出花。当我开始努力工作，把上班时逛网页翻帖子闲谈的时间，都投入到工作中，做事情也比以往上心很多，这时收获也显现了。不仅能力得到发挥，工资也得到了提升。

当所做事情不仅仅是应付、机械完成的情境下，准会有所得。然后把余出的资金用来进行自我提升。烘焙、绘画、古筝、女红、茶道、插花这些想要学习的手艺，开始着手一样样地慢慢学。一个可以经济独立，凭自身得到物质生活所带来享受的人，他多半不会觉得生活索然无味，即便孤身一人也会把日子过得丰盈。

身边总有些姑娘，大气文雅，有自己的事业，热爱生活。即便是一个人，也把日子过成了诗，莳花弄草，吟诗作画。举手投足间尽是温柔与自足，没有刻意讨好，有的只是我为了我的决绝。

一直希望成为胸怀视野都开阔的人，这类人大多也都是幽默有趣的。我不能说现在生活有多美好，只是在试图变得很好，而在这个过程中我过得很开心。

当觉得生活困苦时，要做的唯有提升自己。无须抱怨什么，因为今天的处境全部是自己一手造成的。无论是爱情还是生活，不打扰不埋怨，用心过，总会有回响的，不在这里也在别处。

所以说，其实想要得到一样东西最好的办法不是去争抢，而是吸引。努力使自己变得美好，优秀，那些想得到的自然都会朝你走来。

只要肯一直努力，终会有所得

文 / 清淡

我看着聚光灯下那个神采奕奕的身影，眼神明亮，笑容得体，正在游刃有余地回答着记者的提问："许小姐，您能详细介绍一下将要启动的这个项目吗？"

如果没有这些年的亲眼见证，我一定想不到，此刻这个站在台上自信十足的姑娘，就是当年那个温声细语、衣着朴素的小胖子。

许嫣，我的大学同学，相识九年，是一起为了减肥挨饿三十五天，一起被困在原始森林二十八小时，一起在大暴雪中走了六十七分钟，一起吃路边摊，一起住总统套房的革命友谊。

还记得大一，初次相见，人群中并没有记住彼此的名字。而真正成为朋友是在三个月后，她精心打扮一番，去校园广播站报名闪亮新主播活动。回来后她一言不发把整个宿舍打扫得干干净净，然后又一个人去操场跑了好久。接下来的几天，她一直坚持夜跑并且食量也有所控制。我见此情形，便让她以后喊我一起。

瘦身之路哪会那么容易，面对着饥饿的折磨以及美食的诱惑，每当将要动摇之际，便被她反复洗脑“勿贪念口腹之一时快感，性格的根基在于意志力”，直到念得彼此哈哈大笑。

然而，一个月下来，我瘦了八斤，而她却只瘦了一斤二两。没错，很多时候，同样的努力，所得却相去甚远。在我还想着该怎样鼓励她时，她却神情坚定地说：“看来要两年了。”

那天她自言自语道：“人们的时间太少，并不会一眼看到你的闪光点，而在此之前，你已经被贴上了标签，你只能改变自己。”我记得那晚风很大，她跑了一圈又一圈。

大一下学期，她开始做兼职，并用打工赚来的钱，买了第一台笔记本。那个时候室友的电脑都是家里给买的，平时打打游戏看看韩剧。只有她每晚拽着我看一部豆瓣五星好评的电影，还要写笔记。如今想来我那些关于西方艺术史的知识也都是和她一起学习的。

与积极的人在一起，她不仅会自己进步，还会鼓励你一起进步。

看完《死亡诗社》后，她开始在宿舍里发起读诗会。每晚睡前大家一起轮流读诗，进行交流。可惜，此活动只实施了十四天，过了新鲜期，大家就开始找各种借口退出，我也在第三十二天后颓废了下来。可她仍旧坚持着，每到中午，她总会一个人捧着《普希金诗集》去花园里朗读。

大三那年，她用奖学金以及兼职家教赚来的钱在学校开了一个冷饮店。前期当然困难重重，需要办理很多烦琐的手续，还需要疏通关系，说好话。那个时候她已经懂得怎样处事会对生活有所帮助。只是也难免会被人指责过于圆滑世故，背后说些诋毁她名誉的话。

“你要接受这一路上的那些绊脚石，他们有的长了一张吃人的嘴，有的死死拖住你迈开的腿，但只要你坚定地一直走，摔几次也没关系。等有一天你走了很远，会发现他们还是在原地，继续嘲笑着路过的人。”她云淡风轻地说着。

毕业后，在同学们都焦头烂额地频繁面试时，许嫣已经凭着各种证书以及靓丽的形象进入了一家世界500强企业。她用大学里攒下的钱报了夜校，每晚下班后学习法语和日语，用她的话说就是：“姐要为不久后的环球游做准备啦！”

果真，每年休假她都会奖励自己一次出国游，去感受不同国家的风土人情，文化习俗。而多年的知识积累造就了她妙语连珠的本领，无论是哪个国家，什么领域的人，她都能与之相谈甚欢。这并不是简单的事，毕竟人与人的相处，有时是无话不说，而有时是无话可说。

前年，许嫣的姐姐得了胃癌，手术费要十万余元。她二话没说便把钱拿了出来。后来手术很成功，有朋友打趣道："采访一下我们的守财奴许小姐，这么多年的积蓄瞬间没了不心疼吗？"她做哭状，当然啦，你看我的心还在滴血。

嘻嘻哈哈过后她很认真地对我说："真的欣慰。感觉这些年所历经的磨难、所做的努力都没白费，在自己爱的人遇到困难时，我能够凭着自身力挽狂澜，而不是陪着她们难过却束手无策，真好。"

那个在同学眼里的拼命三娘，那个曾被诋毁见钱眼开的女人，那个积极自立坚韧不倒的女汉子，一步步成为今天这个自信耀眼的姑娘。

一切的成功都有迹可循。她用九年的努力完成了一次华丽的蝶变。

我看着眼前这个充满朝气的姑娘，对生活又燃起了新一轮的激情。她一脸阳光地对我说："姑娘，世界辽阔，前途明亮，一起飞舞吧。"

是呀，只要肯一直努力，最坏的结果也不过只是大器晚成。

没有岁月静好，只能硬着头皮前行

文 / 李清浅

若不是有人拿着棍子往前赶，我们不知道自己其实还可以跑得更快，还有更多没被开发的潜能。有时候被逼到悬崖边上，你真正的机会才来了。

最近被“那些硬着头皮做的事，终究会让你成长”刷屏了，所谓硬着头皮，自然是指那些让人头疼，甚至头皮发麻的事情，但是你却不得不做，除了往前冲，没有别的选择。

我们老家有个更形象的词形容此情此景，那就是“赶鸭子上架”！

以前有个女领导，人美，也爱打扮，做事非常干脆利落，她曾经给我讲过她刚毕业时被赶鸭子上架的经历。

那时她新到一家公司，被派去北京出差。临出发前，领导突然说，那个谁谁这几天要在北京体育馆演讲，你去听听，顺便和他谈谈愿不愿意把他的项目做到西安来？如果愿意，咱们和他合作。

那个谁谁，是早些年以英语教学出名而近几年以打老婆出名的一个男人，那几年他风头正健且没爆出丑闻，在一个刚毕业的女孩儿眼中，是个非常非常大的“腕儿”，问他愿不愿意合作？噢，天哪，人家知道我是谁，我是卖啥的啊。这就是那个美女领导当时的“ORZ”。

可她上级的语气非常举重若轻——“顺便”,这个“便”是那么好顺的吗？她上级还安慰她:“你不用太紧张,试试嘛,他拒绝了你,咱们也没什么损失；但是，他一旦同意和咱们合作，你可就会成为咱们公司的功臣喽。”

她可没想着成为什么功臣，只想着尽最大努力吧。

到了那天,她一大早就跑去北体占位子,全程支棱着耳朵没有错过“大腕”说的一个词。大腕演讲结束后，她麻溜跑到前边，跟大腕说明自己的来意，大腕怔了一下说：“现在脑子有点乱，接下来在某某学校还有一个演讲，要不你等我活动彻底结束后，再和我说？”

她马上说好啊好啊，于是马上打车去另一个场子等大腕，依然一个字儿不落认真地听完大腕的演讲。大腕讲完,她再次冲向讲台,说西安可好啦，我们公司可好啦。大腕这才想起她的存在，出乎意料的是，大腕想了想竟然说：“我过两天会去西安，我到时候给你打电话怎么样？”

她简直欣喜若狂，哎呀，这事儿好像有眉目了。没几天，大腕果真来了西安，还真就给她打了电话。

我前领导说，其实那时她都还没转正呢，她自己都没想到这事儿能成。这次被赶鸭子上架，直接奠定了她在同期入职的同事中大姐大的地位，她成了他们中升职最快的。

后来自己开公司单干，经历非常坎坷，但她从没畏惧过，遇到困难她就想起刚入职场这件事，很多别人看来很难的事在她看来都“不叫事儿”，她就一个念头：两眼一闭，往前冲。

我还知道另一个异曲同工的故事。我认识的一个美妞，他们单位是做房地产的，偶尔会请本地一些小有名气的名人来演讲，所谓名人，其实大多是企业家，无非是讲讲自己的创业史，再夸夸自己的公司，每次听众也就五六十个人，最多也没超过 100 人。

有一次他们请到一个名气相对较大的企业家，人生几起几落，经历非常坎坷，她提交活动策划表时，听众那栏写的是 50 个人。

当时部门空降了个新领导，新领导瞄了一眼策划表说：“这个人的故事我知道，非常正能量，他也擅长演讲，可以多组织些人来听，反响肯定很不错。”

然后上司就在那个“50”后边加了个 0，漫不经心地问：“500 个听众场地装得下吧？”

我朋友惊得下巴都要掉地上了："经理，我们以前做活动，来六七十个人就非常不错了，500 个难度也太大了点……"

“你试过了吗？”上司打断她。

“我们以前都是六七十个人，好多还是亲戚朋友给面子才来的……”

“那你们一直都做得太失败了。500 个观众，没商量。”

我朋友走出上司办公室就打电话开骂："臭女人，完全不考虑实际情况，100 个人我还可以求爷爷告奶奶发动所有亲戚朋友来参加，500 个人？靠，脑子进屎了吧？”

非常不幸，接到这个电话的人是我，骂着骂着，她突然话锋一转："你能不能带十个人来，我求你了……"

然后她和她的小伙伴们制作了海报去高校张贴，告诉大家这个演讲怎么带劲儿怎么有料，故事的主人公多么励志多么正能量。

现场一共去了 678 个人，这个数字她一辈子都不会忘，她激动得泪洒现场。这件事还惊动了当地一家颇有影响力的报纸，当那个新领导把报道那天盛况的报纸递给她时，她都蒙了。

她说，这是她第一次被赶鸭子上架，如果不是那个女上司死死咬定“500人，没商量”，他们的活动肯定会一直停留在三五十个人的阶段，如果不是亲自尝试了，她也不相信自己可以做到。

是的，有的时候，人真是“逼”出来的，若不是有人拿着棍子往前赶，我们不知道自己其实还可以跑得更快，还有更多没被开发的潜能。有时候被逼到悬崖边上，你真正的机会才来了。

当你被推到一定的高度才会发现，原来你也可以扑扇两下你的胳膊，原来你也可以振翅高飞，这真是一件无比美妙的事情。

别羡慕人家为什么飞得高，因为人家被射出去的时候，没有说“我不行啊，我不会啊”。那些做到的人不是没有畏惧，而是眼睛一闭，心一横，大声地说了：“来吧。”

很多人都有过这种被赶鸭子上架的经历，有人振翅飞了起来，也有人“啪”一声掉在了地上。掉在地上也没关系，毕竟，就算不行也要试过才知道。

所以，有些时候，当有的事没人愿意做、没人愿意挑战时，如果你有心，不妨举起手来说：“要不我试一下吧。”大不了就是个失败嘛，不成功，至少可以成仁。

人啊，没有岁月静好，就只能硬着头皮前行，因为有的时候，你真的没选择。希望未来的你，可以活成自己想要的模样。

希望未来的你，可以活成自己想要的模样。

问候
每一个有过努力的灵魂

文 / 树上的女爵

稻浪是燃起的海，烧出了每一个有过努力的灵魂，宝藏才降临给我们。

在一次问答会上，别人问扎克伯格，你为什么总穿同一件灰色 T 恤？大概小扎的很多爱慕者都留意到了，扎克伯格在大多数公共场合都穿一件灰色的 T 恤。小扎回答得特别有意思：其实我有许多件长得一样的灰色短袖 T 恤。很无辜又很可爱的答案。

其中的意味值得玩味。我不想在选择穿什么和吃什么早餐这些小事上浪费太多的时间，而平常人恰恰就是乐在这些小事的消磨上。当我有了漂亮的灵魂并且让大家感受到来自灵魂深处的光芒时，衣服根本就是不起眼的小事，是随时可以抖掉的灰色尘埃。当我是一个名人站立在大众面前时，我希望你能直视我的灵魂，而不是其他的花边表象。

我从来没用过 Facebook，扎克伯格离我的生活相当遥远。最近朋友圈被他和华裔妻子以及其新生的爱女刷屏，才多少了解到这个人的灵魂其实远比我们看到的更深邃和纯真。尽管他年纪轻轻，但他一定会是一个好父亲。让他具有鼓舞人心的煽动力的，不仅因为他是一个天才的创造者，还在于他的认知和引导。这个世界上有太多刚刚晋升为父母的年轻人，但不是每个爸爸都能给女儿写一封邮件，与她的妈妈一起讨论健康、教育、互联网普及等问题，并愿意捐出 99% 的股份用以推进人类潜能和促进平等的公益事业。这个世界上也有很多缔造传奇的巨贾和权贵，但不是每个人都愿意把斟满泉水的水杯倒进江河湖海惠泽生命万物，真正抱着为他人服务的信念。

看到下面这两段话时，我特别感动，为还能接受这种朴素而先进的做事观念而开心不已。扎克伯格说 :“我想让我的生活尽可能变得简单，不用为做太多决定而费神。这样才能把精力集中在更好地为社会服务这些重要的事情上。”“我真的很幸运，我每天早上醒来能帮助超过十亿的人。如果我把精力花在一些愚蠢、轻率的事情上，我会觉得我没有做好我的工作。”

总觉得我们的世界因为有这样的人存在才会生机勃勃，充满希望。

早上，在路上琢磨正在操作的一个音乐小专题，想找五个人来写他们心目中有力量感的一首歌。新年第一期内容，要有新开始的感觉，和过去的一年有所不同的，每个人都要摸索一个新的出发点，毕竟每个人都是那么努力地走在自己的生活之旅上，而音乐可以给人生生不息的力量。我想到了我要写的一首，是最近才听到的苏打绿的《拾穗》。在轻巧情爱中流丽穿行的苏打绿，能撇开温柔情思，写出这么别具一格的大气之作，真是让我刮目相看了。到了秋天收获的季节，大地给出收割的信号，稻浪翻滚，人们在盼望着，也在等待着。“稻浪是燃起的海，烧出了每一个有过努力的灵魂，宝藏才降临给我们。烧出我童年，烧过我青春，烧完我人生黄昏，直到我们都在土壤里睡了，继续埋成未来的根。”这时要友好祝福，奔走相问：你这一年的收成可好吗？

感触于这一句，“烧出了每一个有过努力的灵魂”。无论是传奇英雄，还是凡夫俗子，人世都是一样的不容易，要跨过许多的河流，翻过许多的山，才能接近远方的风景。你看有谁的路是真正一马平川的吗？都要努力着跋涉，一步步向前修行。

最近就在思考有关接下来的方向，有三个问题：生存，做事，爱人。生存是生活的基本，做事是做人的理想延续，爱人是精神内在的归宿，一层层递进，都是需要不断思考和深入的人生课题。

最近有一个人物采访，向我推荐这个人物的朋友说，她热爱户外运动，把山地电影节引入国内，全国、全世界跑都是带着她儿子的，活动在哪里儿子就背到哪里。是啊，这就是真爱。因为热爱，就会全情投入。近来越发喜欢这种对生活不抱怨，开心向前奔跑的人。一个人的内在力量和燃烧般的做事热忱，不仅成为自己最茁壮的驱动力，也会涌向人群鼓舞着他人。

每当在采访中，我总是能清楚感受到人是需要和外界有一条小路紧密衔接的，需要透过别人去和自己对话，需要透过他人的故事、翻涌的社会现象去细察内心的真正渴求，而这也是采访这种工作的积极意义之一。

六年前，有一期封面要做章子怡的采访。那时还在凤凰网工作的作者写好了文章，图片没法搞定，于是她把曾经给章子怡拍过照片的三个摄影师的联系方式给我，我一一和章子怡的经纪人、摄影师联系。那个过程真是无比折磨人。冯海和陈漫都已经是首屈一指的时尚摄影师，许多一线明星御用的大腕。冯海太忙了，说只能抽空帮忙找片子，还不确定能找到可用的。陈漫的助理则说，陈漫拍的片子很贵的，不知道你们能不能接受。老大一听那边的要价就黑了脸，连带着英文杂志要做陈漫的专访也搁置下来。最后采用了第三位，一个台湾摄影师的作品，价格可以接受，但那期的封面实在是……拿到手后，老大说，她这是刚从非洲日光浴回来吗？

后来偶尔会关注一下陈漫的消息，她的名声越来越旺，依旧带着鲜明的个人风格。1980 年出生，早早结婚生娃成名，在国际上都有口碑，这不是随随便便的成功。她时常在微博上写一些“漫的话”。今天上午写的是："认真缓慢而长久地干一件事情显然现在是非常奢侈的，好像我们有花不完的时间去浪费，然而时间本身是最大骗局，但我们暂时还没有本事出来，不如就进去认真对待，不负，不妄。”

认真缓慢而长久地干一件事，其实现在大多数人做事都是手忙脚乱的，心愿的实现也设定了加速度的时间，而想做的事儿其实还不止一件，往往是跑跑停停再跑跑、方向摇摆不定的状态。做起来其实挺难的，做得好的人无一例外成了大众心目中的英雄。

12 月已经过去三分之一，仔细想自己这一年，收成还算不错。虽然总体没有大的改观，平平安安地缓步前进怎么想也是一种福气。在写约定好的随笔集，写作的状态越来越好。有了做事的心情，已经计划好接下来的方向，处女座就是这么死板，必须有了稳妥的计划才肯迈开脚步去尝试。要学钢琴的这个心愿总算实现。在琴房坐下来，手指按下去时，能感觉到身体兴奋得微微颤抖，不求任何回报、只愿与它相对的爱好，我想以后的日子里我都会坚持下去的吧？当觉得世界黑暗无光的时候，就可以去琴房点一盏烛火，实在是一个很棒的秘密花园。当空气好的时候，每周都去操场跑跑步。

无论是做事、还是思考，都越发喜爱趋向自然的本来面目，凡事都不扭曲，顺其本来意愿。爱之，乐之，愉悦慧悟之。

今天在路上读惠特曼的随笔集《典型的日子》。诗人在以最本真的笔触记述自己在深爱的大自然中的一切所思所想，那真是无法言喻的语言远景。“哦，溪流，以你的语言继续絮语下去！我也将表达在我的岁月和进展中所收集的东西，本土的，地下的，过去的——无论如何，我都会和你待上一会儿。当我如此频繁地与你相盘旋，一个季节又一个季节，你知道，你与我毫无关系（可是为什么这么肯定？谁能说明？）——但我将向你学习，沉思着你——接收、复制、印刷那来自你的信息。”

聆听它们，躬身领教。在新一年的土地上耕耘，低头，流汗，期盼，看岁月风尘一点点汇聚成闪光的碎片，目眩神迷。

但愿来年又是好光景。

我们都是
在不知不觉中渐渐长大

文 / LL

我们不断地在展望未来，又不断地在缅怀过去，就在这展望与缅怀中，一天天长大。

最近很想有个自己的窝，或许周遭尽是陌生人闹腾的日子让我这份漂泊感分外深刻。隔壁姑娘每夜站在阳台上煲电话粥，对面那栋楼灯光炫目的夜间 party，还有房东太太最近铁了心要帮我介绍男朋友这件事，一切的一切真是让人头痛。

夜灯亮起的时候，我听到这座城市寂寞的男女们，在夜生活里疯了一般地摇摆和狂欢。人人都在闹闹嚷嚷地聒噪或者默不作声地嘶吼。我什么意见都没有，就想有个关起门来便听不到别人声音的小窝，足够了。

年少的岁月里，曾迫不及待地想要离家独自生活，鄙夷在父母身边衣食无忧的自我“堕落”模样，以为一个人的独立生活担当起来自由而又新奇。到头来，却总是还未出门就在盘算归家的日期还有多少个日夜。

而今，我是只愿做一个有窝的人。

可是你看，我的荷包那么穷，那么穷。起码还有三年是落在异地，我哪里能在所有的栖身之处都有属于自己的小窝，真是昂贵奢侈的念头。听说现在的所谓有房是以有几个楼盘几个小区来作为标尺，你看我连装得下自己一个人的小窝都还没能力给自己。所以洗洗睡了，明天继续努力上班。

你说，整夜整夜的在梦里被人追赶，拼命逃却总也跑不开是什么原因。连着好几夜都是如此，明明眼睛痛到睁不开，却也不敢再闭上入眠。相比逃不掉带来的恐慌，眼睛酸痛还是可以忍耐的。所以我开始在烦闷的夜晚塞上耳机去公园长廊晃荡。

路灯下，我一路慢慢走，那样的夜就像北岛形容的那样，“公路上的汽车像划不着的火柴，在夜的边缘不断擦过”。

回到家里，打开电脑，看见小丸子正从地板上爬起来嘟囔着：

是啦是啦，妈妈我知道了。是啦是啦，妈妈我知道了。是啦是啦，妈妈我知道了。

然后边垂着头向卧室走去，边愤愤地叽咕着：

真是气人哪，妈妈一到暑假就像老太婆那么啰唆。好像除了挑剔我之外，就没有别的事可干了。那么清闲真是羡慕死人了。

快到放暑假的季节了，当年的我，跟小丸子的这一幕简直如出一辙。而今，妈妈也不会再喊醒熟睡的我起来写作业了。

QQ 头像闪动，培说自己每天工作十几个小时，累到根本不知道什么叫累。策划这玩意很多时候就像写作，有时候表达欲喷薄欲出的时候停也停不住，有时候灵感萎靡不振你纠结死也爬不出几格来交差，还常常被否定，重来，所以她常常半夜还在咬笔头。然而她却一直尽心地做着那份策划的工作，她说再做一年就辞职去读书。我就忍不住想，为什么她明明工作得这么累，还累得这么投入，这么心甘情愿？然而，她却说："L，我觉得只有你才活得让我羡慕，不喜欢的立马走人，对坚持的东西却再难也不放弃。"

羡慕？我从来不知道，自我感觉如此挣扎迷乱的状态，在别人眼中是可以用"羡慕"这样的词语来形容的。受宠若惊，真的。你看，夜里 9 ∶ 30，就这家小餐馆里，所有的餐桌都有人在笑，他们在喝酒，他们在狂欢，他们都有人陪着玩弄时光。而我刚刚对学生讲完现在完成时和一般过去时的区别，一个人饥肠辘辘过来寻一顿充饥之物。这番场景很容易让人想起朱自清先生写的《荷塘月色》：热闹是他们的，我什么也没有。

旧伤复发，肩部的矫正手术来得还真是时候。刚进去要脱衣服的时候，因为主刀是男医生还特别不好意思。护士边给我消毒边笑哈哈地说，医院里还分什么男女啊。是啊，就像辅导机构还分什么周末啊。不得不抱怨下，打吊针的那位护士姐姐真心闹心啊，每次都疼到爆。只要是她插针必出血，是要闹哪样亲。

拆线的时候，我一遍一遍地问医生，疼不疼？然后又自问自答式地说肯定疼。医生说，你的痛阈值很低啊。痛阈值是个医学术语，它是指人体耐受疼痛的能力与范围。巧的是，这个词，前两天在看池莉的新作《立》，她也有提到。而我讨厌身体上的疼痛感，特别讨厌。所以，文身、刺青，甚至打耳洞这样的小事，我都避而远之。

做理疗的时候，这位主刀医生都会过来陪我聊天。细细看来，医生很帅呢，声音温暖，给我清洗、包扎伤口的时候也是小心翼翼很温柔。他总是跟个大妈似的每天重复：你要多休息，上课什么的尽量少点，不要提重东西不要用力，好好保护自己，女孩子不要这么辛苦自己……真的很喜欢他每次絮絮叨叨提醒我这叮嘱我那的样子，认真的眼神很可爱。是不是人在脆弱的时候，对给予丝毫温暖的人都会产生无限的好感，觉得对方真是个无比的好人，觉得自己真是个无比幸运的人。

有人对我说：“原本我以为我会成为那个能让你倾诉的人，但我却没有做到。”是啊，我也只不过是个想要温暖的人，一句“你好点了吗？”便满怀感激，可是我的情商那么低，连一句关心也学不会开口祈求。很感谢最近一直陪我聊天的D，谁没有自己的事呢，我当然知道这份以侃大山形式呈现的关心，还有你们，多好。都说人情薄如纸，到头来，让我感动的都是张口就骂我二骂我笨的人，让我伤心的都是温柔说过要好好对待我的人。有时候觉得还蛮有讽刺意义的。

他们说时间会治愈一切，我不信，因为分明有很多时候，我努力学着像大多数女孩那样去生活，看电影、逛街、上淘宝，偶尔还和同事到去茶去和星巴克装装小资。但是，除了淘宝，所有这些做了一次就不愿再去了。谁要一个人抱着爆米花在电影院看着不知所以的剧情变得越来越胖，谁要一个人跟个游魂似的一个店晃到另一个店？去茶去那么贵，一口便喝掉我几节课的课时费，星巴克的咖啡喝了以后我不还是一样脑袋空空智商不增？

看看身边那么多认真生活的人，每日生活在囹圄中，艰苦奔波，求学工作，成功失败，哭笑交替，他们甘于平淡，脚踏实地地生活，朝九晚五被湮没在生活的旋涡里，曾经的我看得心惊胆战，现在却终于开始理解那句“我只是在很努力地变成一个普通人”。而对于我自己，我只能说，这姑娘命真好，生命中还不断有人给我描绘以后一起旅行一起自如过生活的模样。我从不反驳却也从没往心里去。我只是记得，人世刻薄，怎可以是你想要活得自如，便可以活得自如的。原谅我从来不把自己的期望寄托在他人身上，这样就不会对任何人失望。

现实的生活会把一些原本很清澈的灵魂砥砺得很粗糙，我们很多时候是被迫去上让自己活下去的班，幸运的话，从中找到价值感、存在感，并获得乐趣。把自己丢在一个陌生的毫无归属感之处，没有支撑没有退路，只有逼到眼前而不得不去目睹的赤裸裸的生活真相。面朝大海，春暖花开，劈柴喂马，饮雨锄田，这样的生活离我们遥远得不可想象，事业、家庭都未成形，哪里还有什么资格去自顾自地消遣时光。

而今，我意识到自己这般安于接受生活的方方面面，无论期待、失落、感动还是愤恨。大约也再不会是一个心直口快眼里不揉沙的姑娘了，大约也再不会是一个热血沸腾横冲直撞的冒失鬼了。学会了聆听自省，学会了柔软的力量，变成这样，却也不能说是什么必经的疼痛，那样太过刻意地去描绘这个悄然改变的过程，我觉得太仪式化，只是心底会觉得遗憾，带着些微眩晕的遗憾。

JF 哥哥说，妹妹，终于觉得你不那么轴了。轴？到底是什么东西让我一直那么轴？看着这个小时候带我玩玻璃弹珠、玩纸飞机的人，如今和未来表嫂牵手散步的照片，斜阳下的背影很是温馨，我想着可能我不再是一个会对他噘嘴耍赖的小孩子了。我知道，往后的岁月，我要学着做一个不再一根筋的好女孩。

很多玩闹，很多脾气，都就此作罢。最终我们都在学着做一个平凡的、有感情的、有判断的、有思想的、自由真实的人。而感到这样的满足和幸福，却也有了这样多的奈何不得。我按部就班的过往与大多数人一样，经历的人事那么贫瘠，贫瘠到简直可以闭嘴就讲完了。所有的感受只是如同身体发育的改变，是一种必然。越来越多的人事，真的渐渐就变得无从说起，慢慢不见了，一如我们的玻璃弹珠、我们的纸飞机。在一个个夏天到来的时候，沉默喑哑，我也再不会哭着去要回输掉的玻璃弹珠了。

我告诉自己：

阳光很好

心情很好

一切都好……

给自己
建造一座简朴的书房

文 / 树上的女爵

经过春天，我要打败所有的书
我要干我熟悉的营生，让红色和绿色同归于尽
让他们邪恶，面对前世的深情问心无愧

——清平《春天的书房》

我在一个暖暖的春日，想念一间书房。这间书房是这个世上独一无二的一间，只要走进其中，就会瞬间生发出恋爱、白日里做梦以及黑夜里独自行吟的感觉。是不是很神奇？有点像跨过机器猫的任意门扑进去的另一个梦幻世界。这间书房在二楼，一个四合院的二楼上靠东、不大的一间。里面的摆放简洁庄重，有一张巨大的实木书桌，方便在上面随意摊开十本书，也方便铺开大幅的画纸，桌上有一盏欧式复古小台灯。靠窗的一面摆放着三四盆月季，四五盆海棠。完全靠墙的一面有一架

不算昂贵的钢琴。还有一面墙与一个简单、复古的实木书架紧紧偎依。这些物什和书架上的书都是静默如迷的朋友，它们在每个有风、有雨、有雪或者有闲的时刻等待我热切温柔地前来赴约。

我想无数次闷头闯进这样一间真正属于我的、有植物气息的、能够照进很多阳光和月光的书房。这间书房其实还没有诞生呢，还在我想象的子宫里。房间是真的有这样一间，就在我现在住的一楼卧室同样位置的二楼，从去年9月我家小公子开始入园，我就打算给自己美美地收拾出来一间书房。孩子入园了，时间没有像想象中一下子多出很多。我仍然忙，楼上的房间仍然闲置着，至今空无一物。处女座的行事风格一向是，要么不收拾，要么就收拾得让自己十分满意。

前几日小病，卧床不起，既不想看电脑，也不想没完没了地捧着手机，生病变得脆弱彷徨时，欲念反而都清减了，心中痒痒地就想翻翻书。算起来，只有书本能让自己安静自持地抛开生活的外衣，不受任何外在的限制，看得到自由广大的世界，然后也就能看穿喧闹与孤独的本质，不再自困井底。读书是一种不会被抛弃的忠实陪伴，它还能智慧地帮助你成长。始终相信人会因读书而变得聪明、有意思一些，常捧书本的人心中有大千世界。

因此，就想起书房这个未完结的梦。

看到季羡林先生的一篇文章，也是说到读书这档子事，他引用了曾任商务印书馆董事长的著名出版家张元济先生的一句话："天下第一好事，还是读书。"这话说到了爱书人的心坎里。他说人类自古以来保存智慧无外乎两个手段，一是实物，比如建长城，二是书籍，而且以后者为主。"人类之所以能够进步，永远不停地向前迈进，靠的就是能读书又能写书的本领。"大师们把"读书"捧得这么高，自然是深有体会达成了共识。可惜每每看到现在中国人的阅读报告，读书概念普遍很淡薄，平均阅读量少得可怜。大概是被十几年的教科书荼毒坏了，又很容易上劣质通俗文学的当，还有如今良莠不齐的网络文学大肆叫卖当道，以为读书就是被迫应付教育读的或者纯粹打发时间读着玩儿的,还有人是奔着书里的"黄金屋""颜如玉""千钟粟"去读的，比如紧抱激素过剩的营销学、成功学等的大腿，个人觉得这些和真正的读书趣味相差太远。

真正的读书应该沉下心来，和一本真正有价值的书籍相对，文字就像烈日艳阳烘烤你，也会像秋风冷雨一样慰藉你，用一视同仁的思想知识丰富你，引领你，直到你的心灵听得见岁月洪流和宇宙钟声的久远历史的回响。

"是谁传下这行业，黄昏里挂起一盏灯"，北京万圣书园墙上的这两句话化自郑愁予的诗《野店》，说的是一种前赴后继的书店传承精神。爱书的人大约也都爱书店。不同的城市有很多不同性格的书店，就像台湾的诚品书店，北京的万圣书园、三联、单向街，都已成为城市名片重要的一笔。

书店的灯光和气味是特别吸引人的。我去过的城市不多，问候过的书店也屈指可数，但这并不影响我表达爱书店的心情。就像谈恋爱一样，有的人会谈很多次，每一次都尽情忘我，有的人一生就谈一次，一次就足以领会“情”到底是什么东西。我在上大学的城市曾频频光顾校门外的“席殊书屋”，这家书店虽然不大，但人文气息浓郁，对于囊中羞涩的学子来说足以看到最新出版的书和买到少数特别想据为己有的书。在济南待过的一年多，频频光顾山师校外一家叫“致远”的书店，书店在文化东路和西路交会的十字路口的一隅，店里很安静，我的《金蔷薇》就是在那家店买的。那时也常常去英雄山文化市场，跟好友去淘过很多次，顺便还能吃到可口的竹筒粽子。来北京后的前两年，常去现代城的“光合作用”里鬼混，这家店不知道现在还在不在，记得有段时间“光合作用”闹过发展危机。在他家买的几本书质量很差，《古都》和《三生三世》居然散页散得不成样子，让我再也不敢随便下手了。在那个环境里蹭书看的感觉还是很惬意的，无事打扰时，一猫就是一下午。

之后的几年里，偶尔会去西单图书大厦和王府井图书大厦转转，人都很多，也会路过一些席地而坐的风景——捧着本书看得津津有味，仿佛时间隐入身后的书架角落里，退后变得很慢很慢，直到你已感觉不到它。但我觉得大空间显得嘈杂，不如小书屋来得安静撩人。

现在，基本上都是在网上购买了，有了孩子后时间不自由，不可能再随心所欲地去书店逗留。或许等他再长大些，可以带他一起去。

看到别人从《书店的灯光》一书中摘出这样的句子，让我怦然心动。“我被这些图书的重要性，也被我对图书的孤陋寡闻所触动；也许就在此时我明白了人生短促而书海无涯。”“那些书仿佛变成城市里灯光闪烁的窗口，诱惑地显露出居住在封页之间的百态人生。这已不仅仅是生意，这是快乐，精神和肉体的快乐。”

我至今还保留着的小梦想之一，就是不仅能有自己的一间独立书房——这个比较容易实现，还能开一家书吧。虽说现在书吧生存不容乐观，但我想时代滚滚向前，阅读的需求就像精神世界里的吃喝一样，仍是会被一部分人强烈渴求的吧？机缘巧合时，可以连同几个志同道合的书虫一起搞一下，或者尝试一下众筹。只是要等待机缘。

我书读得并不算多，因为读得很慢。读书的季节时光很慢，风景很美。我一般不喜欢跟人主动聊起“你最近在读什么书”，这比聊其他生活层面的东西显得奇怪。但人家问我，我会积极地像个小学生，认真回答，热情推荐，以为会遇到同道中人。觉得读书和藏书都是极具占有性的私密行为，自己遇到一本好书，进入一个神奇的思想领地，我拥有过这块领地并一并拥有领地之上的知识荣耀，有极大的成就感。那时我会快乐得像个孩子，心领神会得像一个智者。

春天了，给自己建造一座简朴的书房，哪怕它只是存于内心，打开窗，面朝大海，春暖花开，无边无际浩瀚的书波像理想情人的容颜一样荡漾，醉人。风雨如晦时，它还可以供你容身躲藏。这主意是否不错？

真正的闲暇，是为所欲为的自由，可不是一事不做，无聊偷懒。

PART 2

那些比你优秀的人，往往都比你更努力

我不是高冷，而是精力有限

文 / 李清浅

只有明白了你想要的是什么，才会知道应当拒绝什么。去除旁逸斜出的干扰，才能集中力量向目标挺进。我吃了很多亏，才明白这个理儿。

前阵子有个姑娘加我微信，说自己很喜欢写作，问我能不能看看她的文章。我说你发朋友圈，如果吸引我，我肯定会看的。她说浅姐，你能否顺便帮我指出文章的不足之处和改进方法呢，我真的好想提高自己的写作水平。

我犹豫了一下，要搁从前，我没准会乐呵呵地说：“可以啊。”可是现在我会说："不好意思，我精力有限，怕是没那么多时间。"

"浅姐，我看过你的《对不起，我的朋友都很贵》，我非常认同你的价值观，我愿意付钱给你。"这姑娘生怕我拒绝她，可是我并没有办写作班的计划，当然也不打算挣这份钱。

我再次以没那么多时间为由推托，她于是很不开心地说，看你的文章觉得你是个热心肠，没想到这么高冷。

这并不是高冷，而是我清楚自己到底有多少能量，我说我精力有限，也并不是推托之词，而是我真的"精力有限"。

有句话很能代表我现在的心境，那就是，人生那么短，只能对自己喜欢的人和事情"浪费"时间。

在我没认清这一点的时候，我的确很古道热肠，也因此常常觉得手忙脚乱。我刚开始做公众号的时候，有很多人打着粉丝的旗号加我，我还真以为自己"网红"了，屁颠颠点了同意，结果人家加上我，和我说的却是："我也想做个公众号，不知道怎么做，你能不能教教我？"然而，我竟真的教了，而且是免费。还有人问我怎么把微信排版排得漂亮些，我就推荐用什么软件，怎么用，一步一步截图教……现在想来，这应当不仅仅是我热心的问题，而是我，太闲了！事实上是，这浪费了我大量时间，我于是总是感觉活得焦头烂额。7月的时候，一个读书会问我可不可以给他们领读《边城》，我答应了，因为我觉得“领读”听上去比较高大上！我虚荣嘛！

做领读并不是真的要领着大家读，而是每天根据读书进度抛出几个问题然后再答疑解惑，外加两次微课分享，因为我很喜欢《边城》，读过好多遍，感觉这很简单。

事到跟前才发现因为工作和家里装修我忙得有点儿喘不过气来，于是有点儿后悔当初应承下这件事，可既然答应了只好强撑。准备微课的时候，才发现这一点儿也不简单！

首先，小说你得重读一遍吧，不是泛读而是精读；其次，不看两三本书，这节课根本不可能讲好；此外，虽然是讲《边城》，但你总不能沈从文的小说只看了这一本吧？

于是前段时间我下班后要么看《边城》，要么看《边城》相关资料，足足好几天没有时间写文章，也没时间陪孩子，而不写文章我就会很焦虑，孩子也不喜欢被我冷落，这种感觉非常难受。

这件事给了我个教训，那就是像我这种既要上班，又要带娃，还要写公众号的人，只把这三件事做好就很了不起了，至于其他，比如旅游、做义工这些我向往了很久的事情，压根不用再考虑了，因为时间就那么一丁点儿，做了这件就做不了那件，所以必须集中精力，全力以赴。

也因此，今天早上一个我喜欢的姐姐问我要不要和她一起做微商卖南红时我拒绝了。

“发发朋友圈，有人买当然好，没人买也不会损失什么。”这个姐姐继续劝我。听上去挺简单，可是发朋友圈不需要时间吗？有人向你咨询，不得抽出时间来回答吗？此外还需要学习相关知识，总不能你卖南红却对此一问三不知吧？我就不信每天发发朋友圈就能嗖嗖卖货。

此外，就算卖南红给我带来收入，我也不会觉得骄傲自豪，写公众号的打赏可能才几块钱，但是我喜欢这件事情，有人点赞，有人分享，有人评论，我就会很开心，这不是钱能换来的。

只有明白了你想要的是什么，才会知道应当拒绝什么。去除旁逸斜出的干扰，才能集中力量向目标挺进。我吃了很多亏，才明白这个理儿。

人过而立，愈加感觉时间的宝贵，所以一向抠门的我逐渐开始学会在金钱与时间中取得一种新的平衡。

首先不爱占小便宜了。不再关注某公众号的周一抢什么货，不去刷新某网站的定时秒杀都有啥，更不会每天下午三点等着抢某银行的免费冰激凌。因为这些小便宜很浪费时间和精力，得不偿失。

我甚至不去抢群里的红包，至于帮忙投票、积赞换小礼品，除非这人是我亲妈，否则，不好意思，我才不愿意把时间浪费在这种无意义的事情上。

此外，就是学会了拒绝，尤其是那些不该帮的忙。因为深知自己并不具备洪荒之力，根本帮不过来，更何况有人找你帮忙，仅仅是想自己偷懒。

遗憾的是，很多人经常高估自己的能力，没有金刚钻却揽下瓷器活，要么答应了别人反悔，要么再去转求别人。

我以前的一个同事就常这样，总爱“帮”别人，她同学的个人工作总结都让她帮忙写，而她竟然答应了。实际上她并不想写，于是就拖延，临交稿时身体不舒服，来找我帮忙。

“浅姐，你就帮帮忙吧，我同学明天必须交，我总不能现在反悔吧？我请你吃饭，好吗？求求你了。”她一副可怜兮兮的模样。

我问她你既然办不到，当初为什么要答应？

“我不好意思拒绝嘛，求你了。”

我冷冷回一句，我好意思拒绝，你答应别人的事，为什么让我来替你做？我很忙，请不要再浪费我时间了。

不好意思拒绝，是很多人活得特别累的深层原因。问题是，有些忙我们去帮义不容辞，有些忙完全没必要帮，拿写工作总结来说，难道不应当是那位同学自己分内的事儿吗？她不是不会写，而是想偷懒。帮那些不该帮的忙，不但不会让你们之间的友谊更稳固，反而让对方觉得你“好欺负”，更甚者增加无谓的负担，这种倾斜的友谊，能长久吗？

人非得狠狠被教训一番才会长记性，我也是吃过无数次暗亏才明白，一直不拒绝就得一直“帮”，而你拒绝了一两次后，对方也不会再死皮赖脸了。

精力有限，时间宝贵，我们只是想过好自己的人生而已，所以，那些特别浪费时间和精力，与终极目标相背离的事情，只能 Say NO！至于那些叽叽歪歪误会你高冷的人，就让他误会去吧，因为道不同，不相为谋，这种人，就连和他们解释也很浪费精力。

时间就那么一丁点儿，做了这件就做不了那件，所以必须集中精力，全力以赴。

认不清这些，换一百份工作也不会好

文 / 李清浅

你要知道，这世上并没有百分之百完美的工作。

90 后的小同事问我知不知道哪家靠谱的公司招销售，我思索了一下，并没有这方面的信息，随口问，谁要找工作啊？

“我男朋友，他辞职了。”她郁闷地说。

咦，又辞了？印象中这半年多时间，他至少换了三份工作。

她男友是学商贸的，第一份工作给一家银行推销信用卡，做了两个月，没什么业绩，加之上班地点离家太远，他就辞掉了；第二份工作给一家儿童早教品牌做推销，公司老板推崇感恩文化，每天一谢总公司二谢老板发工资三谢父母养育恩，他特别讨厌这种口号式的感恩文化，感觉忍无可忍，于是又辞掉了；第三份工作也就是他刚辞掉的那份，是推销保健品，主要的活儿是挨个给老头老太太打电话或上街发传单，以“免费检查身体”为噱头将老人们诱惑到公司，再趁机推销保健品。进入这行后，他发现保健品效果并不如宣传的那般好，于是就有点儿心理压力，感觉扛不住，于是又变成失业状态。

这种频繁换工作的状态据我所知在年轻人中很常见，说到底，是没认清工作的意义，没摆正对待工作的态度，同时也没有长远的职场规划。

最好玩的是，他这三份工作虽然都是销售工作，可是从行当上来讲，谁也不挨着谁，可见此君完全没有职业规划，一万小时法则里说的，想在一个行业混出头，必须待够五年，可是他每个行业待的时间都不到三个月。

很显然，同事的男友找工作很随意，辞职也很任性，工作不顺心，或者不是想象中的样子，就撂挑子不干，这种现象在年轻人中并不少见，然而，下一份工作会更好吗？

我觉得要杜绝这种情况，首先要搞明白，你到底想从工作中得到什么？是工资，还是一个可以让你学到东西的提升空间？抑或将工作当成跳板，暂时凑合一阵子，找到更好的就随时离职？

浑浑噩噩，下一份工作，可能还是无法留住你的心，过一段时间，任何烦恼或者挫折，都有可能激发你“换一份工作”的冲动。

朋友的表妹小 A 也是这样，毕业两年换了 N 份工作，最近一次换工作，是因为她觉得她们的女领导是个傻 ×。那家公司待遇还不错：五险一金（西安好多单位不交的）、提供免费午餐、带薪年假。在我看来，那家公司处在良性发展的上升阶段。可在那妞看来，不但女领导不好，公司简直遍地傻 ×。

很想问下那妞儿，如果这家公司真的很差劲，那是怎么谈成一宗宗生意，把公司业绩做得蒸蒸日上的？

退一万步讲，就算那个女领导真的是不好，为了这样的人离职，你说谁更傻？

总是觉得别人差劲，是件颇耐人寻味的事情。我知道很多觉得甲方差劲、领导差劲的年轻人，他们遇到困难，或者对方要求一高，就觉得人家差劲，相反，从不在自己身上找原因。

《失恋三十三天》里边的老板大老王因为员工黄小仙说话刻薄，得罪了客户后说过这么一句话："我指望你们挣钱，你们指望我发工资。咱们好歹有个合作关系在。"

这句话点透了老板和员工的终极关系——合作关系，同事和同事之间，其实也是一种合作关系，齐心协力，给老板挣钱，老板给大家发工资。可偏偏有人不了解这个简单的模式，要么把它想得太复杂，要么不能很好地维护这种模式。

我印象最深的是老秦的一个同事，多年前在一个事业单位上班，因为和上司处不来，后来上司给他扣了个黑锅，他不愿意背，豁出去了和上司对质，最后保住了清白，然后兀自觉得不解气，要辞职。

其实那种事业单位不会无缘无故开除员工，所以他不主动说走，别人也动不了他，可是他咽不下这口气，我一大好青年，去哪儿没口饭吃？

而事实上，他压根不是那种能拼能闯的类型，转眼七八年过去了，他换了三四份工作，没有一份比多年前辞掉的那份好。他好多朋友都认为他当年离职是个错误的选择，不知道他自己后悔了没有，反正生活中因为不喜欢某个人、和某人处不来，导致辞职并不少见。

我不主张为了五斗米折腰，甚至忍辱负重，讲这个故事，只是想说明没有必要因为不喜欢上司而辞职，上司不是用来喜欢的，把他交给你的活儿准时保质做完就 OK，至于他喜不喜欢你，那是他自己的事。

将感情带入职场，甚至想发展出友谊来，这都是错误的想法。同事关系其实是最简单的关系，只需合作与尊重。因为同事关系处不好，甚至放弃一份好好的工作，其实都是非常不成熟的。

最关键的是，这家公司的领导和同事不好相处，下一家就好相处了吗？

我以前有个同事，是个漂亮妹子，缺点是没有耐心，她负责我们微信排版，每次排好版后，都有两次校对，一遍是编辑自校，一遍是专业校对把关。

校对后每次让这姑娘改错字，她都特别不耐烦，键盘敲得啪啪响，站在一旁的我们简直胆战心惊，后来为了少听她的唉声叹气，我们干脆自己进后台改。没多久这姑娘嫌弃工作太琐碎辞职了，大家心里同时都松了一口气，不知道她是否觉得下一份工作会更好，但我们都觉得，她走了，真好。

琐碎是工作的一部分，很多时候，工作需要返工，需要修改，不厌其烦是最基本的职业素养，这妹子显然不具备这种基本素养，最起码的耐心都没有，就是不尊重工作，也是不尊重同事的表现，这种情况不改变，下一份工作当然也不会好。

说到底，工作就是你出卖自己的时间和才智，老板根据你的“活儿”给你发工资，想偷懒、没有耐心、掺杂太多私人感情进去，都是错误的做法。我们应当考虑的是，如何把活儿干得更好以便得到更多回报，而不是成天琢磨，这个同事太烦人，那个工作太琐碎。

这世上并没有百分之百完美的工作，待遇好、老板好、离家近、很轻松、同事个个可亲、迟到不扣钱这种如梦如幻的工作，估计连Google这样的公司都无法满足。不认清这一点，估计你会继续找工作，即使换了工作，估计也不会太好。

频繁跳来跳去，未见得下一份工作就如你的意，还会给雇主留下你“不安分”的印象。此外，在自身能力没有提高之前，我们所能找到的工作，其实和原先的工作薪资待遇等方面都在同一个档次。

所以，与其吃着碗里望着锅里，不如安安分分做好现有工作，当你实力强到一定程度，不用你去找工作，好工作自会来找你。

姑娘，你的浮夸，演给谁看？

文 / 猪小闹

真正有气质的淑女，从不炫耀她所拥有的一切，她不告诉人她读过什么书，去过什么地方，有多少件衣裳，买过什么珠宝，因她没有自卑感。

公司的一位同事小 A 新做了头发，早餐时与她相遇，看到她的发型与往日不同，便笑着顺嘴问了一声 :“呀，做了头发。”

小 A 有些懊恼，说 :“别提了，好后悔，这头发弄得一点也不好，白花了一大把钱。”

这时有位不长眼男士偏偏在旁边插嘴幸灾乐祸:“你们女人啊，就是败家，弄一次头发就浪费一大把钱，哪像我们，一年理发也花不了你们一次做头发的零钱。你说这钱花的，弄得好还好，弄得跟大妈似的，白白浪费了那钱，要我说啊，这钱拿去做什么不好。”

他这话一说，小 A 同事更加懊恼，说：“真想马上去剪掉了，别人都说老了几岁，好气人，花钱买气受。”我仔细看了看小 A 这发型，她原来是直发BOB头，现在烫成小卷，的确跟她的年龄气质不配，没有原来好看。心里这么想，嘴上还是安慰安慰她：“没关系，长了就好了，刚做的发型总是有些不适应。不过就几百块钱，花了就花了，没有什么浪不浪费的。”

话刚说完，却感觉旁边有一双华妃式白眼向我投来，同时一个尖刻的声音传来：“什么才几百？在 ×× 社做的呢。”

这时我才注意到，说这话的是小 B。

小 B 新入公司不久，在我的办公室隔壁。听说她曾经是公司的老红人，可是我入公司之前已经离职了，这次是吃回头草，在另一个部门做主管。平时跟她接触少，也没有十分留意过她。但看她的样子，似乎跟小A很熟稔，她说完这句话，并不看我，只挨着小 A 卿卿我我。反而是小 A，有些不好意思，对我笑道：“也不算很贵，我办了他们家的会员卡，这次连护理啥的，花了一千左右，不过，我觉得不值。”

我笑了笑，不再接话了。小 A 跟我相识有不短时间了，她平常是个不浮躁的姑娘，穿衣打扮都不会过分。而且她是高薪技术人员，这段时间又升了高管，工资相当的不错，一次头发千把元对她也不是奢侈。

可是小B同事，新入公司，工资并不算高。可在那次之后，我倒是经常遇到她谈论自己的衣服、包包、鞋子、发型。

比如，她会跟我身边的同事说她买的衣服多贵多贵，不是几大千就是上万元。还有，她剪的短发，都用了几大千元。

有一段时间，我身边的小姑娘们经常谈起她，说她穿的衣服多么多么贵，包包是名牌，连头发都花那么多钱做。

说说也就罢了，可是那段时间身边的姑娘们明显情绪低落，连工作都无心做好，总是埋怨工资太低，有时还明显地闹点小情绪，这让我留意起来。

我倒不是怪女生们攀比，每个女人，都有攀比的情绪，特别是对身边的人，看见别人比自己过得好，总有些心里不舒服。

小B的衣服，平常虽然我不太留意她，但是，她从来也没有给我有惊艳的感觉，甚至有时候看她穿那上碎花下豹纹的衣服，真让我无语。这就是上万元衣服穿出来的感觉？怎么我觉得跟地摊上的货色差不多呢？

好吧，你们可以认为我在嫉妒。

反而我身边的姑娘们，即便她们穿的是几十块钱的淘宝T恤，简单的牛仔裤，也常常让我惊艳一把。

我把自己的感觉告诉了我身边的姑娘们，让她们不要跟小 B 比，以我们的工资，不可能穿得起几大千上万元的衣服，还是老老实实地工作为好。其实以小 B 的工资，也不可能穿得起她说的那个价钱的衣服，或许别人的家庭状况比较好。

身边的姑娘们都还比较听话，遇到小 B 再聊自己的衣服、包包时，大家都沉默不语。时日久了，小 B 姑娘也察觉到了大家对她的冷淡，渐渐减少了谈论她衣服、包包的话题。

可就在某一日，另一个部门的姑娘过来串门时神神秘秘地说："你知道隔壁的小 B，她的衣服包包才多少钱吗？亏她平日能吹得出来。"

"多少？"

"她不是说她的衣服包包都是从外国订回来的吗？"

姑娘们的兴趣又来了，七嘴八舌问起来。

"外国倒真是外国的，可惜是外国垃圾。"那个外部门姑娘撇着嘴。

"怎么说？"

"她有个在清理外国洋垃圾的叔叔，平常会把好一点的衣服包包留下来，打理打理再以几块几十块卖掉。她的衣服，都是叔叔给的，旧货。凭她自己，几年没上班了，哪还有钱买贵衣服，嘁。"外部门姑娘不屑地说。

“哦，原来如此。”大家恍然大悟，“怪不得她有那么多外贸衣服。”

“别说了，工作时间，少说闲话。”虽然止住了大家的讨论，但是小 B 姑娘这么久的“白富美”形象，还是轰然倒塌了。姑娘们再见她时，对她不但没有热情，甚至连之前的尊敬也没有了。

人的心就是那么奇怪，羡慕别人时，那人身上的一切似乎都是贵重的。不再羡慕时，同样的衣服穿在那个人身上，也会黯然失色。那衣服新的时候本来的价钱也可能是高贵的，可是待旧了，易了主，换在第二个人身上，就再怎么也穿不出那高贵来。

小 B 这样的姑娘有不少，她们只是用浮夸来掩饰自卑，明明一百块钱的东西偏偏说成是上千，不过就是怕别人小瞧了她，轻视了她，其实也并没有什么大过。

但是，浮夸这东西却是最要不得的，它只是一种虚幻的感觉，让自己暂时麻醉。

亦舒师太有一段经典的句子：真正有气质的淑女，从不炫耀她所拥有的一切，她不告诉人她读过什么书，去过什么地方，有多少件衣裳，买过什么珠宝，因她没有自卑感。

认真地看待自己，即便穷，也要穷得坦坦荡荡，承认自己穿几十元几百块的衣服，也不是什么丢人的事。即便是穿旧衣服，只要衣服干净，来源正当，那又有什么关系呢。

小时候的我，曾经很长一段时间都是穿姐姐们不要了的衣服，直到我有能力挣钱了，才摆脱穿旧衣服的困境。但是即便是现在，姐姐们有不要的衣服，我看到喜欢的，也依然会拿回来穿。为这，我爱人还曾说过我："你自己没有衣服穿吗？还去捡别人的。"可是，我觉得，只要是我喜欢的，我从来不管是新是旧，也不觉得这有什么可丢人的。

生活，谁都有困境，但无须浮夸，是什么样就是什么样，不是因为一件高贵的衣服或者包包就能改变你，让人高看了你。即便偶尔让人高看，但终究某天会被别人揭穿真相。与其之后被人轻视，还不如一直低调做人。毕竟，生活是自己的，好不好全在你自己的感觉。有思想的人从来不会因为一件贵重的衣服高看人家，也不会因为别人穿件旧衣而小瞧别人。

姑娘，你的浮夸，演给谁看呢？

每个人都睁着眼睛，但不等于每个人都在看世界。许多人几乎不用自己的眼睛看，他们只听别人说，他们看到的世界永远是别人说的样子。你要和他们不一样。

停止抱怨，
世界会更美好

文 / 李清浅

夏天的时候，我和几个想减肥的姑娘建了一个运动群，本意是互相监督，号召大家一起运动。目标也很单纯，瘦下来最好，即使瘦不下来，起码可以成为一个结实的胖子。

这个群成立之后一直非常活跃，大家每天晒自己的运动轨迹，经常讨论运动方法之类的话题，总之绝对是个正能量满满的群。直到 H 姑娘成为我们群的一员。

H 姑娘是群友小米的同事，一直想减肥的她，无意中从小米那儿知道了这个群，非常迫切地要求“加入组织”，我们这个群原本也没什么门槛，征得大家的同意后，小米将她拉进群里。

然而，H 姑娘加入一段时间后，这个群的气氛，和从前就不一样了。

原本群规要求群友每天必须运动半小时以上，每周可以有两次休息，如果没有完成规定的运动量，就往群里发红包“自罚”。大家一直将群规奉为圭臬，偶尔因为懒或其他原因不运动，也很自觉地往群里发红包。

H 姑娘进群后，坚持运动了三天，第四天大姨妈来了，于是中断了四天；恢复运动两天后，又以加班为由中止了运动，而且自始至终没往群里发过红包。发红包这件事并没人督促，大家都很自觉，红包额度随意，两三元，二三十元都无所谓，只不过通过发红包“表表决心”而已。

H 姑娘是群里坚持得最差的一个，不但从没红包，还有超多借口，最要命的是，她一直在抱怨：今天说太忙，我们单位简直太次了，没多少钱，还把人累个半死，我到家都九点多了，哪有心情运动啊。第二天又说，本来打算下班后去健身房的，结果以前一个同事来找我一起吃饭，真不想和她一块去，每次都是我埋单，我早受够她了……

H 姑娘除了每次抱怨别人妨碍她的运动计划，还爱闲聊不相干的事，当然，也是以抱怨为主：淘宝上买了个电动牙刷两周就坏了，上次去某咖啡店喝了杯咖啡，那叫一个不正宗……

渐渐地，群里原本热火朝天的气氛不见了，大家也不太往群里发运动记录了，一周超过两次不运动，也不发红包了。起初她说话大家还搭腔，后来她一说话，大家就集体沉默。后来有一个群友私下和我说想退群，理由是每天看到 H 在那儿絮絮叨叨就感觉好烦，还说都快忘了这个群建立的初衷了。

私下了解了一番，大家都有同感，于是我们背着 H 又建了个新群，新群成立后大家都嗨极了，我们又回到了“两耳不闻窗外事，一心只把肥来减”的状态。

这种人相信你也不陌生吧？抱怨是他们生命的主旋律，咱们看着挺正常的一件事儿，他却觉得这不好，那也不好，除了抱怨最擅长的就是挑毛病，而且生怕别人不知道他会挑毛病，一定要告诉全世界“毛病”出在哪里，而这些被他们揭示的“毛病”，很容易影响我们对一件事情的感观。

我现在依然记得，原先单位因为一个“挑毛病姐姐”的到来，搞得大家想集体辞职。那是一家小单位，虽然收入一般，但是却非常自由，单位人少，上下班也不用打卡，偶尔请假也不会扣钱，这对我们来说是很大的福利，大家也很自觉，尽量不迟到早退，中午休息时间也自觉控制在一小时左右。

不幸的是，这个姐姐来了。这个姐姐有双“敏锐”的眼睛，总能发现我们单位“不尽如人意”的地方。比方，动不动开会到很晚（其实只是偶尔开会），晚上六点才下班公交特别难坐，单位附近没什么吃饭的地方选择很少……

马云曾经说过，如果你不喜欢现在的工作，要么辞职不干，要么就闭嘴不言。这个姐姐偏既不辞职，也不停止抱怨，总之，在她的吧啦吧啦下，我们原本觉得还不错的单位，逐渐变得“这个单位不行”。工作氛围也变得有那么一点儿诡异，以前派活儿时领导问这个事儿谁弄，总有人自告奋勇，现在变得领导派活儿时，没一个人吭声。

俗话说，一颗老鼠屎坏了一锅汤，爱抱怨的人就相当于那颗破坏积极氛围的老鼠屎，真的很败坏人的兴致。

抱怨是一种最常见的负能量，负能量这种东西，简直像瘟疫，非常容易传染。它们还特别容易“吃掉”一个人的正能量，像个大怪物一样，把人拽进一个叫“心情好烦”的深渊。那些爱抱怨的人，总觉得全世界都欠了他似的，挑毛病和否定，是他们的“撒手锏”，遗憾的是，“什么都明白”的他们只是消极地表达不满，却很少提出建设性的意见。

比方，大家兴高采烈地说去吃日料，他说日料最没意思了；你提议那去吃韩国菜吧，他说韩国菜就是拌饭泡菜，有什么吃头；你又说，那去吃火锅吧，他说火锅油会重复利用，恶心死了。终于，你的兴致瞬间全无，只剩下了倒胃口，问他有没有什么想吃的，他却说我听你们的，因为他压根就没有什么想法。

讲真，人生本来就不是十全十美的，世界也不会一直风和日丽，谁都有遇到挫折和事情不尽如人意的时候，大家都是成年人了，要学会消化那些不开心的事而不是一味抱怨，因为抱怨只是一种情绪的宣泄，并不具备积极的意义。

抱怨好比头上的一朵乌云，挡住了太阳的光辉，黑云压城的感觉特别难受。日子久了,你要么盼望痛痛快快下一场雨,要么希望来阵风把它吹走，总之，一直笼罩在那里太消耗人了。

除了远离那些爱抱怨导致负能量爆棚的人，我们自己也要尽量停止抱怨，学会尽量看到事物积极的方面，发现问题后，尽量提供解决方案，而不是一味“抱怨”。

优秀的人
天生精力充沛？

文 / 李清浅

因为人有追求安逸的天性，克服自己的天性，其实挺难的。但不是不能做到的。

以前我曾经和老秦讨论过特别优秀的人的特点，我们曾达成了一个共识，那些特别优秀的人，精力往往都十分充沛。

举个众所周知的例子，科比每天凌晨四点钟就开始练球，一般人四点的时候，不正是睡得止深睡得正香的时候吗？这时候别说起来打球，就是起床抽奖，估计都没几个人愿意。

有一个朋友的老婆半夜肚子有反应，要生了，把此君叫醒，此君翻个身，继续睡，老婆只好继续叫他，他这才迷迷糊糊起床，开车把老婆送到医院，儿子生下来他的第一句话竟然是：“臭小子，你真会挑时候，害得你爹我大半夜起来送你们娘俩来医院。”

估计他这辈子也就早起了这一次，没办法，这就是普通人的意志力。

而那些特别优秀的人，往往为了工作废寝忘食，甚至通宵不寐。有研究者统计，拿破仑一天只睡五个多小时，通常晚上十一点上床睡到凌晨两点，起床后在办公室工作到清晨五点，然后再睡个短觉到七点；英国的首相丘吉尔每天睡五到六小时，工作到凌晨三四点钟才上床，到八点钟又开始照常工作，然后中午睡个午觉。画坛泰斗达·芬奇更是刻苦勤勉、惜时如金，一昼夜花在睡眠上的时间累计只有一个半小时，从而争取到更多时间工作。

所以，真的是人家天生精力充沛，才最终变得优秀吗？

●●

有一次我采访一位作家，那位作家经营着一家咖啡西餐厅。去采访之前，我就抱着个阴暗的想法，这位作家估计现在没时间写作了，毕竟她要打理生意，还要出席各种活动，这般忙碌，哪里能抽出时间写作呢？

我于是大胆地问了她一个问题，您现在还有时间写作吗？

她怔了一下，似乎对我提出这样的问题感到意外，她说：“有啊，我每天早上五点起床，写到中午十一点，这是我的专属写作时间，家人和朋友都了解这一点，基本上不会有人打扰我。”

“每天？”我略惊讶，这个答案其实出乎我的意料，这可需要惊人的意志力。

我继续追问，您晚上一般睡几个小时？

“我睡眠很少，一天睡四五个小时吧。”

咦，我怎么一天睡八九个小时还依然一副睡不醒的模样？

我家有另一位比我还能睡的，光午觉就能睡五个小时，下午不喊他起床，他能睡到晚上七点，起来吃个晚饭，过三四个小时继续睡，睡再多也不耽误晚上的正常睡眠，此君姓老名秦。

当时我以为，这位作家也是那种天生精力充沛的人，再次证明了我是个平庸的人，只能眼睁睁看着人家优秀。

采访完这位作家后，我并没有被打鸡血，产生诸如“我也要每天早起写作”之类的想法，相反，我倒有些破罐子破摔的念头，我之所以庸庸碌碌，就是因为我是个精力不够充沛的人。

当时我说出这些自暴自弃的话时，有位高人（也就是我公公），在一旁插了一句，我觉得你既能吃苦，也有毅力，但是你有一个缺点，太懒了。

我当时颇不服气，这位高人的儿子老秦同学，明明更懒好吗？在这样的懒人面前，全世界都是勤快人！

可据我所知，的确有很多人把自己的“不优秀”归为“懒”。很多年前，我在一本期刊做编辑，有一个写手，文字非常好，我当时和她说：“你很有才华，你一定要多写。”

她是这么回答我的：“我太懒了，我觉得我要是勤快些，会写得更多更好。”

作为一个经常催稿的编辑，我知道很多写手都处于这种“很懒”的状态，有点儿小才华，可惜不够勤奋。他们不是认识不到自己的问题，但是依然不会做出什么改变，为啥？懒呗。因为人有追求安逸的天性，克服自己的天性，其实挺难的。

我曾经和几个好友一起参加过写手训练营，要求写手先给管理员发三十元红包做押金，每天必须写八百字并打卡，没完成任务往群里发红包，三次不完成任务,视为放弃,押金归管理员。当时我们都能顺利完成任务，且不论文字质量如何，反正那个月大家都跟打了鸡血似的，每天截图发朋友圈，在这帮“拼命三郎（娘）”的带动下，朋友圈也被搅动得不安了，你们这么励志，是要闹哪样？

我咬牙又参加了一期，其间，也认识了很多写手。这也就不到半年时间，离开那种管束的环境，很多人基本上一两个月才写一篇文字，也有的再没写过一个字。

这证明其实很多人不是写不出，而是缺乏管束，必须有人拿个小鞭子在后边抽着，才能写出来。

相同的人，在有管束的情况下每天可以写那么多，但是脱离了“组织与纪律”就写不出来，这和精力充沛有一毛钱关系吗？根本就是因为懒，不够自律好吗？

此外还有件非常有意思的事情，可以打败我总是说自己精力不充沛的事实。那就是我看韩剧看到夜里两三点完全不会困。我追剧的时候，基本上也是每天睡四五个小时。看韩剧我可以坚持到两三点，写作或工作我却做不到，这到底是为什么呢？

所以我现在感觉，关于特别优秀的人都精力充沛的论证，是以果证因，是伪命题。

说到底，我们这样碌碌无为，人家那么优秀，是因为人家足够自律，而我们，不但懒，还引以为傲。

我朋友的一个同学，十年如一日，每天早晨五点起床跳绳，连跳六千下，风雨无阻;而我身边很多人，周末无须上班的时候，经常睡到下午一两点。

懒人还有另一个特点，贪图安逸。因为懒人一般能坐着不站着，能躺着不坐着。

众所周知，现在是夏天，尤其这几天，西安每天都在三十五摄氏度以上，很多人在单位开一天空调，上下班坐空调车，晚上再开一夜的空调，有严重的“空调依赖症”。完全不能忍受哪怕是一会儿不开空调，否则就会无精打采，半死不活，以我家老秦为例，家里不开空调，基本上他的魂就没了。

恨不得二十四小时在空调房待着的人，夏天让他出去做点儿什么，自然也是一百个不愿意，因为外边天热不舒服啊！

昨天和一个朋友聊天，她知道我最近西安、咸阳两边跑，我告诉她偶尔会骑车，然后建议她老公也骑车上班，她老公非常胖，一直想减肥。

我说你老公骑上一个月，保证瘦十斤。

她是这么和我说的："那么懒的人，怎么可能会骑车上班？"

我听后呵呵一笑，这就是为什么减肥成功的人，尤其是运动减肥成功的人，让人很敬佩，因为大多数人都太懒了，"懒"决定了很多人继续胖着。

因为减肥无非就是"管住嘴，迈开腿"，但凡能做到一样，都不会再继续胖下去。可是很多人明白这个道理，就是做不到。

所以，说什么优秀的人精力都很充沛是个伪命题，因为他要成功，有强烈的成功的意愿，自然就"精力充沛"了，而那些自认为"很懒"的人，大多安于现状，没什么成功的意愿，没有目标，无所事事，"睡眠"自然也就多了，当然精力永远充沛不起来。

勤快一点儿，刻苦一点儿，或许不一定能够"随随便便就成功"，但是拥有"懒"这个特质，配上咱们庸常的智商，结果其实是一想即知的。

我喜欢你，因为你从不让人收拾烂摊子

文 / 李清浅

什么是教养？不给人制造麻烦就是最好的教养。

前几天有个妞和我吐槽，说单位组织旅游，她负责订票，让同事们把身份证号码发她微信，结果唰唰收到几十条微信，有一半发过来的是身份证的照片，还有的虽然发了身份证号码，却没留下姓名。

面对十几张照片，她瞬间傻眼了，为什么就不直接输号码给自己呢？难不成要让她一个一个数字敲出来？

这种只图自己方便，完全不考虑对方感受的情况在生活中并不少见。前阵子微信语音功能被吐槽也是这个原因，发语音的确比一个字一个字输入要快捷很多，可却完全没有考虑到对方是否有戴耳机，方不方便收听语音。有的人还动辄发送十几条语音，真有那么多事情需要商量，打个电话不好吗？一条条点开收听，真的很烦。

当然，不排除发语音的那位的确不方便。比如，正在开车，或者处理什么紧急事情。遗憾的是，大多数人给别人发语音，只是为了自己方便，而非没时间或不方便打字。

为什么这么武断呢？因为生活中只图自己方便，完全不考虑会给别人造成多少麻烦的人，比比皆是。

丢垃圾不看可回收与不可回收，两个垃圾箱里乱丢一气；公共食堂的餐盘不收，吃完饭起身就走；去超市购物，拿到购物筐里又不想要的商品，不回归原位，而是随手就放到某个货架上边……林林总总，举不胜举。

的确，这样做会让自己很方便，可后续却必须有人花费大量人力、物力为这种不良行为“埋单”，或者说得通俗一点儿，叫必须有人帮忙“擦屁股”。虽然这个词俗不可耐，却直指重点:因为很多时候处理烂摊子的人，真的是要忍着不爽甚至恶心才完成的啊。

近几年情商这个词被越来越多地谈及，什么是情商？说白了，情商无非是宁可自己麻烦，也要让别人“方便”的一种基本素养。

我现在都记得在农村生活了一辈子的姥姥教我的一些待人接物的基本原则，比如，递人剪刀的时候，一定要剪刀尖对着自己，剪刀把对着别人，一则不容易伤到对方，二则对方好抓取。姥姥还有一个习惯，那就是吃完饭，顺手会把自己的碗洗干净，她总说，做饭容易，洗碗却是个考验人的活儿，自己吃饭，自己洗碗，谁也不用麻烦。老太太一辈子都这样，从来不爱给人添麻烦。

而姥姥这种“自己吃饭自己洗碗”的做法，我上大学后，在一位教授身上看到相同的影子。

大家知道，老师上课一般会写板书，别的老师下了课就走了，而这位教授，每次都会认真地将他写的板书擦干净。开始我还以为是偶然为之，后来发现这位教授每次都会这样做。我还特地问过这位教授，为什么每次都要自己擦黑板，他笑眯眯地反问我：“我写的，我不擦，难道等着下一位老师擦吗？”我说：“可以让学生们擦啊，我们有值日生的。”他再次笑着说：“我又没有写五十黑板的板书，不需要麻烦别人。”

后来我才领悟，这位教授和我乡下的姥姥是同一类人，他们只是不愿意麻烦别人，一个是乡下村妇，一个是大学教授，他们身上却闪耀着同样的光芒，那就是，自己的“烂摊子”尽量自己收拾，与人方便的同时，问心无愧。

这原本应当是一个人对自己最起码的要求，遗憾的是，很多人做不到。

在上一份工作期间，和我对接的甲方小姑娘，动不动让我把最近发在微信上的文章“原件”打包发她。我们微信推的稿子都是校对过的，我也不知道哪些地方做过改动，于是只好一篇一篇复制下来，再打包发给她。

原以为这没什么，那天她突然和我说：“浅姐，你知道吗，我们好几个微信公众号，我也经常让其他人给我发文章，但从来没有一个像你这样，认真地把校对后的稿子打包发给我。有的人还对我说，你自己从微信上复制下来不就得了吗？我当然也能从微信上复制下来，可我是甲方啊，按时将推送的稿件发给我，不是乙方应当做的吗？”

坦白讲，从微信上复制文章并没什么技术含量，有的时候特别忙我也会感觉烦，但我每次都是耐着性子认真整理，因为我也是从甲方的角度思考，认为这个是我的义务。

能给对方留下这么良好的印象，并不是我做得多么出色，而是我把握了一条原则：宁可自己麻烦，也不要让别人麻烦。我觉得这应当是一个人对自己最基本的要求。

遗憾的是，很多人连“最基本”的都做不到，难怪有人说，以大多数人的努力程度，根本用不着拼天赋；同理，以大多数人为对方的着想程度，你只要稍微体贴一点儿，对方就会很满意。

没办法，因为

很多时候，我们对自己要求太低，对别人又要求太高。

说到底，是没站在对方的立场上设身处地为对方着想。

我记得以前曾经去一个远房伯伯家玩，伯伯家有个儿子，我应当叫堂哥的，他眼睛不太好，严重弱视。伯伯家东西收拾得都很整洁，东西摆放也都遵循严格的位置，为的是堂哥方便。

可惜当时我不懂，那时候人也小，觉得这也好玩，那也新鲜，这个也想动，那个也想动，妈妈劝我不要乱动人家东西，可那时我太淘气了，得到伯伯允许后，禁不住好奇，把堂哥的玩具玩了个遍。

我们要回家的时候，妈妈要求我把玩具都回归原位，伯伯忙说不用，妈妈还是要求我必须将玩具收好，我当时还挺不乐意的，因为伯伯明明说不用了，觉得妈妈太小题大做。

回去的路上，妈妈语重心长地和我说："在得到允许后可以玩别人家的玩具，但是你堂哥眼睛不好，你不将玩具回归原位，他就会找不到，一则会给他带来麻烦，二则还会给人留下没教养的印象。"

很久之后，我才明白这是很重要的一堂课：那就是尽量别让人帮你收拾烂摊子，这不只涉及一个人的修为，还可以上升到教养问题。

什么是教养？不给人制造麻烦就是最好的教养。这话听上去很简单，做起来也不难，然而很多人却无法做到，无非因为我们太利己了。而设身处地为别人着想，却要麻烦很多，谁都想图省事，人人都图省事的结果，是注定有人不省事儿，因为烂摊子总要人收拾。

想不给人制造麻烦，设身处地着想一下就 OK 了。试想一下，你愿意给人收拾烂摊子吗，如果不愿意，那么就请尽量从不给人制造烂摊子做起吧。

你想了那么久，为什么还没去做？

文 / 李清浅

你有没有特别想做某件事，却一直迟迟没有开始？

比如，跑步、学英语、学画画、减肥、去旅游、开家小店，甚至养成某种好习惯……虽然有的心愿已经在你胸口压了好几年，也并不需要花费昂贵的时间成本或金钱成本，然而它始终只是心愿或者梦想，你有没有想过到底是为什么？

先讲个小故事。

我家老秦有两个同事是健身爱好者，每天去健身房各种虐各种爽，脸像被狗啃过身材却像被上帝亲吻过，总之很男神，嗷嗷好。还有几个同事，在这两位的刺激下，一直想加入健身大军。

只是迟迟没有开始，之前他们觉得因为他们没有办健身卡，毕竟想练得跟青花鱼教练似的，需要一些专业指导。特别巧，他们单位楼下新开了一家，开业优惠酬宾，办一年赠半年，是不是美呆呆？

就在单位楼下欸，只要高兴，中午休息都可以去运动一会儿。其中两位觉得是时候开始自己的健身生涯啦。办卡办卡！

有一位还信誓旦旦地说："我要每天去健身。"

自此人生应当不一样了吧？只要开始健身，不但可以瘦下来，还可以更健康、更阳光，简直正能量满满，羡煞个人。

老秦继续说，这是去年年初的事情，截止到他讲故事时，其中一位一共去了五次健身房，而且包括办卡那次；另一位，一次都没去过，一次也没有！

我非常惊讶，健身房不就在单位楼下吗？为什么？

老秦说："大概每次他去之前，都会有个大怪兽跳出来拦着他不让他去吧。"

我：……

可见，有没有健身并养成习惯，与你是否有健身卡和健身房离你家远近，真的一点儿关系也没有。

是这只怪兽吗？类似情况并不少见，报了英语班，一共才上了几节课；报了陶艺课，压根没学几次；想好好跑步，买了双高档跑鞋，跑了两三次，就被束之高阁……像老秦那位办健身卡后一次没去过的同事，虽然略极端，但绝非个例。

是懒，还是没毅力？抑或是懒加没毅力？难道真如老秦说，每次你决定去做的时候，就会有一头大怪兽跳出来拦着你？

以前有首歌，叫《我想去桂林》，里边有句魔音绕耳的歌词是："可是有了钱的时候我却没时间，可是有时间的时候我却没有钱。"

那时我年轻，每次听都觉得这首歌写得十分透彻，非常有共鸣：人生好悲哀啊，为什么就不能两全其美呢，比方，有钱又有时间呢？

细思之下，发现这首歌有很大的问题，作词者不但有拖延症还是个借口专家：不就是去个桂林吗，又不是去火星或土星，能需要多少钱，能需要多少时间？吵吵几年都没去，你是在逗我吗？

更好玩的是我一个闺密，经常喊着要去大明宫跑步，吵吵了半年却一次没跑过，我敢不敢告诉大家，大明宫离她家 1.9 公里，而不是隔了半个地球？

我有一位邻居，人帅修养好，然而天妒英才，二十几岁时遭遇车祸不幸失去了一条腿，可这位帅哥邻居，截至目前，已经游遍了大半个中国且前阵子刚从越南回来。

我从没听他唱过：我想去旅游，可是有腿的时候我却没时间，可是有时间的时候我却没有腿。

相反，恰恰是没腿之后，他去的地方才更多、更远。他说以前也喜欢旅游，却并没去过几个地方，总觉得随时可以去，不用急，恰恰是随时可以去，才一直没去。直到失去了一条腿后，他才不再拖延，毅然拖着一条腿上路。他说，是因为好怕失去另一条腿，就真的去不成了。

惭愧不？反正我是羞得无地自容。

还记得“世界那么大，我想去看看”那个故事吧，我觉得那个女白领之所以做出辞职旅游这样的选择，不见得是她多决绝，多有勇气，相反很有可能是被自己“想去看看”的念头逼疯了，人一旦被某个念头逼疯，通常会出现两种极端的结果：1. 不顾一切地去做。2. 彻底粉碎自己想去做的念头。我就属于后者，因为豆瓣上标的“想读”的书太多，后来干脆不标了。因为那些“想读”,除了证明我是个懒惰鬼外什么也证明不了。

那么问题来了，如何打破“想却一直没开始”的僵局？也就是如何与传说中执行力太差抗争？老规矩，不来点干货，怎么对得起各位读者朋友呢？

发自内心地追问自己：到底想不想？

别轻易急着回答。有时候，你只是羡慕人家的生活，你并不知道光鲜，或者看似光鲜的生活方式背后其实有很多不堪为外人道的苦楚。

比如，你可能羡慕别人每天美美地吃自己做的早餐，可是你要清楚，做早餐需要提前做各种准备，还需要早起，即使开了抽油烟机，也会烟熏火燎甚至被油溅一手一脸；再比如你觉得爬山很酷，可是看过《致命海拔》你就会知道，那些登山爱好者大多数都有冻伤，严重者可能致残或者丢掉性命。

所以找那些你“羡慕的人”聊一聊，如果无法接受辛苦的一面，那么，恭喜你，抛除某些妄念，也是一种成长。同时恭喜你，本文可以不用读下去了。

列出一个计划

OK，你想，是真的很想很想。

那么你可以列个计划，计算一下做某件事需要的时间成本和金钱成本。

比如，你想去青海、西藏和甘肃，你可以先查别人写下的旅游攻略，去某地的最佳时节是什么季节，大约需要几天，银子需备几多，提前做好准备，在你的年历上画几个大大的圈，按部就班，直到时机成熟，尽管拿起包出发。

不同于旅游，还有很多事情，类似学英语、绘画这种活动，最好有人指导，你需要考虑报班学习，最好在家或者单位附近的一个地点报班，免得在工作、家庭和你的业余爱好之间三地奔波。

不要小看了我们每年都去写却大多没变成现实的年计划，执行力越差，越需要一个这样的计划，写计划的时候切记一定要走心，不要胡乱写写，因为那就跟放屁一样，放过当然就丢了。

别把事情想象得太难

比方我，想运动减肥想了两三年，却一直没有行动，因为我总觉这事儿不是一朝一夕就可以完成的，而且想想就好累。后来好几个朋友告诉我，只要坚持足够的运动量，一个月瘦四五斤不成问题。这个足够的运动量，到底是多少呢？实不相瞒，你只需要以每十分钟一公里的速度走上四公里就可以了。我第一个月就做了这些，然后瘦了四斤，这给了我极大的信心。第二个月换成跳绳，又瘦四斤。到现在，我已经坚持运动一年，瘦了二十多斤。

如果不是亲自去尝试，我也会觉得运动减肥太难了，事实证明，它比想象中简单好多。

不要一开始就为难自己

比如，你刚计划学英语，不要给自己要求每天记 100 个单词，太难完成容易打击信心，而且前半部分用劲太大，后半部分很容易泄力。

把总任务分解成小目标

太大的目标往往容易吓坏我们这些软脚虾，把总目标适当分解成为一个一个的小目标，比如你打算每天写 3000 字，可以在上午写 2000 字，下午再写 1000 字。分段完成某个小任务，可以收获多次成就感。

请人监督

做某事前，告诉你信任的人，我计划什么时候做什么事，希望你监督，你也可以给他监督金，如若完成全部返还（或返还一部分），完不成，就当交毅力税了。反正是你朋友，肥水不流外人田。

适当奖励自己

比如我运动减肥的时候，曾许诺减五斤时奖励自己一双跑鞋，减十斤就去买漂亮衣服。

奖励机制很重要，尤其当你的内心，住的是一个随时需要夸奖的宝宝时。

打败你自己的借口

我自己本身是个借口专家，我在参加连续写作三十天的计划时，每天都有不写字的借口：第一天我闺密来找我了，第二天我加班了，第三天我婆婆让我陪她逛街，第四天我想去吃自助，第五天我没什么事儿但是情绪不佳什么也不想做……第二十五天我大姨妈来了。

只要你找一找，借口总是有的，而且听上去，都是不容拒绝的哟，它们才是老秦口中所谓的“大怪兽”，一旦有借口冒出来，请你化身奥特曼，一举击溃它们。

我婆婆作为一个健身爱好者，真正风雨无阻，下雨天打伞去环城公园快走，下雪路滑就在家跳跳操，我从来只看到她每天准时去运动，365 日没有一天有借口。

最后把最近读到深受启发的话分享给大家：想做的人，一年 365 天都方便；不想的人，只会说回头或者改天。JUST DO IT！

你并不惧怕未来，让你焦虑的是对过去的重复。

PART 3

爱慕虚荣没那么可怕，但一定要靠自己

对不起，我的朋友都很贵

文 / 李清浅

●

久不联系的一位同事打来电话，说她朋友的妈妈最近情绪非常低落，她怀疑老人家抑郁了，知道我有位朋友是心理医生，想向那位朋友咨询一下，我在征求朋友的意见后，把电话发给了她，过一会儿她随口又问我："向你这位朋友咨询，不收费吧？"

我压根没去想收不收费这件事，但心理医生提供服务，收取一定的费用，难道不是应当的吗？更何况，不是她自己的妈妈，而是她朋友的妈妈。

对这位心理医生来说，就是朋友的前同事的朋友的妈妈，这么远的关系，人家有义务免费服务吗？

我于是半认真半开玩笑地说：“当然了，我朋友很贵的。”

结果她说：“你怎么不早说？早知道这样，我就找别人了。”

“为什么我朋友收费就找别人呢？”我有点纳闷。

“收费的心理医生那么多，我为什么要找你朋友？七绕八绕的，还搭个人情。都是朋友嘛，简单问几个问题，还收什么费？”前同事抱怨道。

这话听着怎么那么别扭呢，噢，我朋友不收费你就向她咨询，我朋友收费就找别人，既然都是别人挣你的钱，宁肯照顾陌生人，也不照顾我朋友，我朋友难道得罪过你吗，还是说一旦收费，就不再是“朋友”？说白了，想让我刷脸，免费占我朋友便宜嘛。

“我无法代朋友许诺不收费，你找别人吧。”我挂了电话，其实我给朋友打个电话，简单说明情况，她肯定是不会收费的，问题我前同事的态度实在奇葩，这种忙我不想帮。再者，我这位朋友真的很忙，我都不好意思随便叨扰。

人家付出时间和知识，你享受服务，付费不是天经地义的吗？偏偏有人该出的钱不想出，以朋友之名勒索，简直是神逻辑。

这种人在生活中并不少见，平时不太联系，想起你来，不是“帮我个忙”，就是“借我点钱”，在他们唯我独尊的世界观里，“朋友”就是应当“为自己两肋插刀”的，朋友的朋友，也要义不容辞任自己使唤。

我一个亲戚，知道我闺密的老公在一所特别出名的教辅机构做老师，她家孩子是高考生，想请我闺密的老公给辅导两节数学课，让我帮忙联系一下。

我很乐意给他们牵这个线，闺密的老公也愉快地答应了。

结果第二天晚上，我这个亲戚打电话质问我：“你朋友怎么还收钱哪？还狮子大开口，一节课四百。”

我当时都诧异了，我朋友为什么不收钱啊？

“他不是你朋友吗，我是你姑，帮我娃辅导一下还要什么钱？”

我简直哭笑不得，其实这个亲戚是我表姑，就算她是我亲姑，我闺密的老公也没义务免费给她娃辅导啊。

更何况人家还提前和孩子沟通，问哪些方面需要特殊辅导，不但认真备课，还特意抽出时间上门辅导，连去带回四个小时，就算人家说了不要钱，但凡明事理一点儿，好意思不给吗？

况且那是高考前冲刺阶段，我闺密老公所在的教辅机构一堂冲刺辅导要收七八百，他收四百已经便宜了近一半。

可这话我说不出来，我只是说："姑，人家大老远跑去给铭铭上课也挺辛苦的。"

"我知道他辛苦，所以打算请他吃饭啊，结果他说下午还有安排，还问我冲刺课打算上几节，一节课算四百，你这什么朋友啊，趁早绝交。"

这时我已经不想和她说话了，付出劳动得到报酬连《劳动法》都保护好吗？这年头，谁缺你们家一顿饭啊？

我这个表姑要继续和我讨价还价，我于是说："这次钱我出，你别管了。"当然，以后我这个姑的事儿，我也不打算管了。

我特别不理解他们的心态，我觉得找朋友或者熟人帮忙，应当是出于信任，而他们找朋友介绍是为了"便宜"或者"免费"，用得着就"咱哥们儿没的说""朋友嘛，没二话"，用不着，就老死不相往来，就这种态度，谁愿意做你的"朋友"啊？

最好玩的是，我偶尔和一个姑娘聊天，提到我们共同的一个朋友刚发的朋友圈，这姑娘说她没看，因为这个朋友最近做微商了，她嫌烦悄悄设置了“不看他的朋友圈”。

如果我没记错，她屏蔽的这个人前阵子还因为她家小孩儿上学的问题出了不少力，用得着就去求人家，用不着就嫌人家做微商屏蔽，就这种“用人朝前，不用人朝后”的态度，我真的很担心她渐渐地会没有“朋友”。

说白了，就是把朋友看得太“轻贱”了，不懂得珍惜这份情谊，随意踏践。真正珍惜朋友的人，对待朋友的态度断然不会这样。

我记得有一次，看到一个朋友在圈里发南红的广告，就问她是不是在卖南红。

她说：“没有，朋友的。”那是我们共同的一个朋友，我随口问她，她让你发啦？

这位朋友说没有啊，我从她那儿买了一个手串，感觉成色非常好，就主动帮她宣传一下。

坦白讲我就做不到这一点，我会买朋友的东西，但一般不会主动帮忙发广告，我关心的方式是偶尔问一下她最近生意怎么样。

友情就是要这样，投之以桃，报之以李，你敬我一尺，我让你一丈，这样感情才会越来越深，而那种总想着占朋友便宜或者让朋友提供免费服务的人，路必定会越走越窄，朋友也会越来越少。

想要关系更好，觉得必须把朋友看得“很贵”，而不是很廉价，只有把朋友看得“贵”，才会特别珍惜。

你们都误会了，其实我特别爱钱

文 / 米粥

毛姆说他对悲惨生活这件事毫无兴趣，

我想说我也一样。

●

前几天我吃了这段时间里第三次麻辣香锅。是这样的，有一天我走在路上，问胃：“你想吃什么？”我的胃闪现出了香锅的样子：“不好吧，又吃？”“不健康哦，我们吃点健康食品吧。”我这么商量道，但胃还是很固执。于是我就一个人去了。

我慢慢地把一大锅菜和两小碗饭吃掉，感觉很幸福，也觉得自己很富有。从此感觉到钱这种东西，不仅是为了过生活，也是为了让自己感觉富有而存在的。

自从搬家之后我一直喝水很少，前几天花重金买了新玻璃杯，果然喝水很多了。新杯子很好看，水倒进去，绿莹莹的，每喝一口都很享受。这也是一个例子。

明明觉得房子会跌价，因为妻子和孩子想要，就买了新房子的丈夫；明明婚纱穿一次就没用，还是买最好看的婚纱的新娘，某种程度上来看他们不节约，或者没有投资眼光，可其实他们是智慧的，因为他们用钱买到的不只是房子和婚纱，更是“幸福”的体验。

毛姆写很多剧本，挣很多钱，他有一句名言就是：我对过悲惨生活这件事毫无兴趣……

我的朋友们很厉害，一个个都已经出书，或者正在出书中。

看到他们用微博或者朋友圈发布好消息，下面几乎约定俗成地排着队：哇，恭喜恭喜，求送书！

我觉得很奇怪啊，朋友开个衣服店，我们不会说“求送衣服”！朋友开水果店，不会说“太好了今后我每天都有新鲜水果吃了”！可是一旦有人要出书，有时候甚至一点都不熟哦，却可以理直气壮地说“求送书”？我闲着没事干，壮着胆子去问了他们原因。其中一个说，因为后者会让人觉得你有病。另一个则说了很多，大意是他并不是真的求送书，只是调侃而已。我最后还是忍住了，否则真想再问一句：“那前者为什么就没病？”以及，“这种调侃究竟好笑在哪里”？

与此相似的还有“你文章写得真好，给我写个文案吧”“会做设计？太好了给我做个海报”“画得真棒给我画一个”。做这些工作的人经常被追捧成“你们真好！简单干净没有功利心”！然后陡然提出各种要求，让你说不出那句话：“想要我为你工作？拿钱来买啊！”

说句极端点的话，因为你说了“求送书”，前面的鼓励、赞赏就一文不值。因为你的意思就是：“我虽然喜欢你的书，但是并不想花费一点点去获得。”

这样的“欣赏”，还不如用钱。

“我特别喜欢你，所以我要买你的书，让你的日子更好过一些。”

“你真的好有才气！我愿意支持你走得更远一些！”

这两年，我开始特别愿意买书，并且心酸地发现，有时候买一大沓书，所花费的钱还比不上一件最普通的衣裳。我爱的那些作家是有多么辛苦，才得以用写作来维持生计啊。

是啊，我们的钱那么少，每一分都要认真地花。可其中一定有一个最重要的功能：是用来鼓励、保护我们所爱的人的——正因为它稀少，才如此巧妙地成为一种爱的表达。

最后说一点爱情。

有一句话挺有名，是这么说的：这就是女生去努力的意义之一吧，我认真做人，努力工作，为的就是当站在我爱的人身边，不管他富甲一方，还是一无所有，我都可以张开手坦然拥抱他。他富有我不用觉得自己高攀，他贫穷我们也不至于落魄。

我一直不能太同意，却说不出来为什么。后来看到博主 @ 我是 MISS 南的吐槽：这段话的意思还是认为爱情对女性是最重要的事。很多女性努力工作就是为了自己生活得更好。这样的女性固然不会为了钱去跟有钱人，也不会茫然爱上一无所有的人。这句话是深受男权思想影响下写出的内心感慨，把男人定义为女性努力的意义。很多时候男权社会给予女性的阴影是女性不自知的。

一个只有十块钱的男人给了你十块，是不是应该很感动？可就算拿出了全部，他自己也未尝不知道，十块钱还是太少了。所以才有人拼命地秀爱意，心里期许着“爱总比钱贵重得多吧”——但赚钱也是一种诚意，我们总担心自己的爱太少，其实钱更少。

我们的确很多时候高估了金钱的能量，但有时候，又错认了贫穷。就像经常有人说，因为人是不知足的，所以钱多钱少一样过——还是不同的。幸福也许并不来自金钱，但它来自“我很富有”的体验：一年中你吃了多少顿好饭，有没有适合穿出去的衣服，让你想喝水的水杯；你是一直索取的吗？还是可以为所爱的人做些什么？我有通过自己的努力，感觉到生活越来越好吗？……不要自欺欺人地觉得“我特别知足”“我就是想过平凡的生活”，幸福不是悬空的，一蔬一饭，都是幸福的一部分，这些，都、要、钱。而对大部分普通人来说，赚钱真的不是一件那么舒服的事。

想到这里，还有什么时间悲叹春花秋月，有什么脸跟被子挣扎起不来？赚钱去呀。

我想成为一个有钱人

文 / 阿泽

我妈找大师帮我算过，说我这辈子会成为一个有钱人。这话说出来连我自己都不信，但我妈就是信了，还信得妥妥的，时不时拿出来说给我听，过过嘴瘾，好像我已然是个有钱人了一样，但更多还是拿来激励我用的。关键是我这人对赚钱这事说不上兴趣，但数钱的话，我还是比较喜欢的，只可惜，我的财产一不小心就数完了，而且绝不会数错。我在想，要是以后，万一，老天真开了老眼了，让我成为一有钱人，我一定宅在家天天数钱玩，嘴角指定能给我笑出缝来。

目前来说，我在我们班算是混得较好的一个。也是承蒙了同学们的忍让，让我这一没出息的混出点人模狗样来。不过，所谓的混得好，也就是比他们工资高些，当然富二代除外。我跟富二代唯一的关系就是没有关系，也许以后争取搞个富二代他爹来当当，也是极好的。只是我那点工资在大城市算微不足为外人道的，怕笑掉旁人的门牙。比下不至绰绰有余，但比上却是大大不如的。卖身也卖不出个好价钱，只能在公司里赖着，当个苦逼的程序员，被人呼来喊去，项目需求时刻在变，任何一个职位比我高的，都能对项目提出整改的要求，也不看看自个儿的品位如何。这种时候，我也只能在内心暗暗傲娇，表情却假装客气地默默听着，心里千百匹草泥马奔腾而过，尘土飞扬。前几天开会，趁老大没来，我们项目组几个程序狗在那儿闲聊，我假装特风趣地说："我们在公司算是食物链的最底层了，谁都可以对我们呼三唤四的，我们仅有的一点权力，就是让扫地阿姨帮我们清一清地上的垃圾，叫之前还得特别礼貌地说一声，请。"哥们儿几个都被我逗乐了，我却觉得特心酸。其实，他们的乐也是苦逼的，不是有句话这么说嘛，开心的时候大笑，不开心的时候大不了苦笑。是啊，有什么大不了的，切。

大概是鸡汤文看得太多了，我之前一直以为，我们没钱是没钱，但起码比有钱人过得开心啊。现在仔细琢磨这句话，觉得特别可笑，谁说有钱人就过得不开心了？人家不知比你开心多少倍，倍数就跟你的财产跟他的财产相差的倍数一样。就跟长得不好看的人，老安慰自己说，长得丑无所谓啦，起码我们比漂亮的人有内在美啊。我觉得这么以为的人其实说白了，就是不愿承认一个事实：有大把漂亮的又有内在美的人就在这个地球上存活着。要么就是他没发现，要么就是他假装没看到。这个事实确实挺伤人的，把头埋进土里是要舒服一些的。但老埋在地里也容易憋得慌啊。其实，要解决也好解决，嫌自己长得不漂亮，大不了整容啊；嫌自己长得胖，那就健康生活，健康减肥啊；嫌自己没钱没人要，那就努力赚钱啊。别老拿对赚钱没兴趣耍嘴皮子，对，没错，说的就是我这种人。活该我没钱没人要。

其实每个人只要找到适合自己的那条路就可以了，舒服就好，但前提是，你得有钱。我貌似在传播一个很不好的价值观。但传统价值观本来就不一定是对的啊，那是农耕文明传下来的祖训，但工业文明，市场经济时代就不一定是如此了。鼓励人发家致富也算是我们国家如今的国策。有钱有时是让人舒服的前提，特别是当下以钱论英雄的氛围，没钱，腰板都会不自觉呈九十度弯曲。回家过完年，这种腰酸背痛的感觉更甚。

我妈今天还跟我举了一个年轻人发家致富的故事。他是我爸朋友的大女婿，好早就出来在社会混了，之前一直在手机店打工，三年前才出来自个儿单干，在网上卖手机，前两年生意平平，不过今年可不得了，大赚特赚，买了奔驰车，还买了栋房，故事的结局就是，一家三口就这样幸福地生活在一起。等等，故事还没完，最励志的是，他跟我同岁，才二十四啊，竟然才二十四啊。我妈说起他跟我同岁这个情况的时候，语气与表情特别意味深长，不好通过语言描述，我只能说，看了她的表情，我心里很不是滋味。

所以，最后我得出一个结论，没钱，那就让自己有钱，有钱了，那就让自己更有钱。于是，我的志向又一次更改了，我立志要成为一个有钱人，不过，在这之前，我得先去睡一觉。有钱没钱，都得睡觉的不是，你不能因为没钱就剥夺我睡觉的权利吧，这可是我仅有的一点权利啊。好，睡了，早睡早赚钱。

我不拜金，
我拜的是我自己

文 / 狐尾百合

——你知道年轻的时候穷最大的问题是什么吗？

——以为所有得不到的一切都是穷的错。

大学毕业五年，前三年只顾埋头苦闷迷茫，只近两年才突然感觉时间过得飞快。

算时间，最年轻的 80 后都已经二十六岁了，时间终于将我们这群人送到了一个岔路口。

闺密圈中的姐妹陆续有人嫁了，百合便是其中一个。

按世俗眼光，她嫁得并不算好，甚至——还有些“亏”。

没房，没钻，没彩礼，甚至连婚纱照都省了，可我们的姑娘还是毫不犹豫地嫁了。

收到通知时，我以为这又是一个被时间追赶着瞎跑的傻姑娘，抓着一点机会便当成救命的稻草。

可当我在婚礼现场看到身穿大红礼服的新人眼中浓得化不开的温柔和嘴角藏不住的笑意时，我知道自己错了。

而新娘百合的婚礼致辞更是让多年不曾感动的我眼角湿润，她说：

“曾经我以为硕大的钻戒、奢华的礼服、盛大的仪式是一场完美婚礼的必需品，直到此刻我才知道，比这些更重要的是亲朋好友欢聚一堂，我和我的另一半坚定地站在这里。

“我的先生曾问我，我们是在对的时间遇见对的人，还是在错的时间遇见对的人。我当时只顾笑他偶尔文艺，没有用心回答。此刻，我想告诉他的是：人对了，时间就对了。

“希望五十年后的今天，在我们的金婚纪念日上，还能看到各位。那时，我们可以对身边的爱人，说上这样一句：一生努力，一生被爱，想要的都拥有，得不到的都释怀。”

百合结婚后，朋友圈还有人感慨：“又一棵好白菜被猪给啃了。”

我却知道，有些人的幸福，只有他们自己明白，别人不一定会懂。

后来，一次无意间的闲聊，我和百合谈到结婚的话题，我便顺水推舟地问道：

“都说现在的女人拜金，你这是要颠覆众人的世界观吗？”

百合听后，狡黠地对我说：

“知道吗，婚后不久，曾追过我的男人发信息跟我说：‘我在追女人上花的钱都比你结婚用得多。’”

“我去，虽然可能属实，但这人说话水准也太次了吧。”

“我一点都不生气，就回了一句：我不拜金，我拜的是我自己。比起银行卡上现存的数字，我更愿意相信自己的眼光和底气。”

我承认，听到这话的那一刻，我第一次觉得百合这样光彩照人。

小岩井有篇文章叫《等我有钱了，你还会爱我吗》，里面有这样一段对话：

“你知道年轻的时候穷最大的问题是什么吗？”

“什么？”

“以为所有得不到的一切都是穷的错。”

同样地，有些自认为有点小钱的人会以为有些得不到是因为真的有女人傻到不爱钱。

但其实她爱你或者不爱你，说到底，真的与金钱无关。

后来，百合告诉我，她老公自己开了家清晨餐饮策划设计公司，坚持了三年，前期积累的过程很是艰辛。

婚后第一个月，他接了个大单，她给他写文案和故事，他加班谈客户、做设计。

才做完一单，他就说："老婆，过几天我再给你接一个大单。"

然后，他果然没有食言。

他把所有的银行卡都交给了她，每周从她那里拿零花钱。

他推掉了身边狐朋狗友的约，每晚早早回家陪她。即使不得已要加班，也会把办公地点搬到家，在她身边忙到深夜。

他在外面像个斗士，一进家门便变成了小孩。她给他拍视频，他负责搞笑，她负责笑。

他说："老婆，你真旺夫。"

她笑："我早就知道。"

听说，有一种女人嫁给谁都能幸福，因为她本身便拥有创造幸福的能力。

你富甲一方，她不会虚荣傲娇迷失自我；

你穷困潦倒，她却会拼尽全力助你成功。

这种女人创造出来的幸福与金钱无关，它可以是豪宅豪车里发自内心的灿然笑容，也可以是廉价出租房里一碗热汤的温情脉脉。

这样的女人可遇而不可求，男人遇见了是福气；作为女人，虽不能达，心向往之。

愿每位好姑娘都能气定神闲地活出百合姑娘这样的风骨：

“我不拜金，我拜的是我自己——自己的感觉，自己的眼光，自己的底气。”

这才是一个女人最大的光芒与资本。

没钱，
拿什么资本谈孝敬？

文 / 李清浅

亦舒说，姿态一定要好看。连想好好孝敬父母都无法做到的人，姿态怎么好看得起来？

好友许小妞最近和我吐槽发生在她家的事儿，前几天她外婆八十五岁大寿，老太太共有五个儿女，加上外孙重孙，一大家子三十多口人，四代同堂，其乐融融，原本是件好事儿，没承想回到家后妈妈哭了。

妈妈说：“你看到你大舅二舅三姨他们送的礼物了吗，要么是大牌子，要么进口货，就我送的礼物最寒酸。”

许小妞看到了大舅他们送的礼物，却压根没往礼物值多少钱、寒不寒酸上边考虑，本来嘛，老太太过寿，做儿女的表表孝心，估计老太太也不会一一去核算谁送的礼物贵谁送的礼物便宜。

妈妈说：“老太太八十五岁大寿，我也想出手阔绰一点儿，尽尽孝心，可是咱家这么穷，我拿什么去孝敬啊，人真是什么都能没有，就是不能没钱啊。”

许小妞听后心酸不已，她家条件相比于大舅他们几家，是差了些，许小妞上中学时，爸爸因为肝癌去世了，妈妈一个人把她拉扯到大学毕业，经济的确一直拮据。

现在许小妞上班了，家里虽不至于捉襟见肘，但是人一穷，买东西难免会抠。这次妈妈花了三百多给老太太买了件衣服，其实妈妈自己都舍不得买这么好的衣服，可是跟大舅他们好几千的礼物比起来，顿显寒酸。

许小妞安慰妈妈，这就是个心意，姥姥也知道咱家条件，您不用想那么多，舅舅他们也不会看不起您。

可妈妈那句“咱家这么穷，我拿什么去孝敬”还是深深地烙在了许小妞的心底，虽然她觉得妈妈没必要和舅舅他们攀比，也无须自卑，可依然感觉这句话特别锥心。

再现实些，如果外婆真生了一场重病，需要儿女们拿出钱来救治，舅舅他们都拿得出，她家肯定拿不出，如此一来，和舅舅他们相比，妈妈可不就是“不孝”吗？

其实最近我对这句话也感同身受，起因是好友的婆婆前阵子发现了宫颈癌，还好发现得早，加上积极医治，老太太心态也不错，算是保住了一条命，可是说到花费，就令人咋舌了，花费共计四十七万元。

这笔钱基本上花光了公婆大半辈子的积蓄，然后她很认真地问我：“如果换作你，会不会花光所有积蓄给亲人治病？”

讲真，这个问题很难回答，虽然心疼钱，但如果真摊上这种事，那么只能竭尽全力积极医治了吧。

“竭尽全力”说出来简单，可这基本上相当于把你十多年积攒的钱全部拿走，问题并不是说病治好或是治不好，我们就不再生活了，孩子要上学，上各种辅导班，在家里赤贫的情况下，是不是很多时候就得委屈孩子了呢？

癌症是个高发病，在我们老家，家里老人得了癌症，一般不会积极进行化疗，也极少长时间住院，而是将老人接回家，开点儿药控制，说得难听点儿就是“等死”。

听上去很心寒，好像做儿女的太不孝，可是几十万甚至百万的治疗费，你让土里刨食的农民去哪里凑呢？可话又说回来，如果家里有钱的话，谁不愿意让老人多活几年呢？

很久之前我曾读过一篇文章，讲的是一个小康之家如何因为亲人得了癌症瞬间赤贫的故事。

作者夫妇都是大学教师，加上教研费，也算是收入颇丰，然后父亲不小心查出了癌症，大家决定全力去救治，最后花费 100 万，买了父亲一年的命，虽然代价很大，他还是觉得很欣慰。

三年后，家里经济条件终于宽松些了，岳父却又查出了癌症。

自己的父亲患病砸锅卖铁都治，老婆的父亲就不是父亲了吗？治。于是，一个超大的无底洞等着填满，那种日子真是无望啊。

当时我就想，作者夫妇收入比我和老秦高得多，亲朋们的家庭条件相对也较好，就算自己没钱，也可以借到钱，这事儿要是摊到我头上呢？

不敢深想，也不愿意去深想。

好友偏要继续拷问我的灵魂，如果是你自己得了这种病，会让孩子帮你治吗？

我想了想说，可能会选择放弃，如果最终治不好，再拖累孩子，那真是两代人遭罪。

也因此，我理解一些老人因为心疼儿女，坚决要求放弃治疗，有的甚至采取极端的手段，通过自杀结束自己的生命。

一个本身已经时日无多的老人，坚决地结束自己的生命，这种情况简直是双重残忍？

都说久病床前无孝子，其实一场需要很多花费的病，也会让原本的孝子变成缩头乌龟，甚至没有勇气正眼看父母。

没钱，是真的能把人变㞞的。

当然，癌症这种例子略显极端，那就再举个生活中常见的例子。

我有个同学，姐妹两个，她老公和她一样，大学毕业后，在私企打工，收入有限；她妹妹嫁的是个公务员，公婆也都是公务员，相对来说条件好一些。

她买房的时候，妈妈知道她钱不够，偷偷补贴她五万块，当然是瞒着妹妹这么做的，怕妹妹知道了心里会不舒服。

虽然妈妈说这笔钱不用还，她心里却过意不去，明确说会还给妈妈，可一直过了七八年，她才缓过劲儿来把这五万块钱还上。

她说，她知道现在的五万块钱和七八年前的五万块钱没法比，贬值了不知道多少，可是她如果说多给妈妈一点儿，妈妈断然不会收的。

就在这期间，妈妈动不动以“给翔翔买衣服（玩具）”为名塞钱给她，少则几百，多则一两千，说到这里，她落泪了。

“我经常感觉自己没出息，不但无法孝敬父母，反过来还让妈妈操我的心。我也想早早还上妈妈的钱，我也想每次跟妹妹似的大包小包给爸妈买这买那，可是我真的没钱啊。”她叹口气说，人穷志短啊。

是的，没钱，不但无法好好尽孝，还反过来让父母操自己的心，稍微有良心一点儿，在这种情况下都会自责吧？

所以我们经常看到有人买菜时和小商贩计较那两三毛钱，和卖衣服的砍半天价，因为楼下停车场的师傅多收了五块钱半天耿耿于怀，还不是穷闹的？

亦舒说，姿态一定要好看。连想好好孝敬父母都无法做到的人，姿态怎么好看得起来？

有时候啊，和穷做伴，人真的是太渺小，也太无力了。

有人可能会反驳，富人有富人的孝敬法儿，穷人有穷人的孝敬法儿，没钱，有时间吧？多拿出点儿时间来陪老人就是。

最可悲的是，人一穷啊，生活窘迫，甚至连陪老人的时间都没有。我们村有个老人不小心摔了一跤，需要照顾，两个儿子在外地打工，都回不来。

大儿子开了个小饭店，停一天业就少挣一天钱，大儿子打电话说："爸，我也想回去陪你，可是我回去一天就得关一天门，你让我一家老小吃啥？你看我弟有时间没。"小儿子说他们单位请一天假，就扣二百块钱，问他爸："你一个人可以不，不可以我就请几天假。"

老人挂完电话满腹心酸，两个儿子经济都不宽裕，把挣钱看得重，他理解，可是，他也真是需要人照顾啊，问题是让他强行命令两个儿子回来，他又开不了口。

于是只好让邻居帮忙买水果点心，胡乱凑合一阵，半个多月后他能下地了可以照顾自己了，其间，两个孩子只打过两个电话。

心酸吗?

这就是残酷又现实的人生啊。年轻的时候只知道有钱比没钱好，真的人到中年才体会到，上有老下有小，没钱真是举步维艰，没钱甚至有可能泯灭人性，所以儿女不管老人死活这种社会新闻才层出不穷。

所以，人啊，一定要有钱，要有一颗坚定的、变成有钱人的心，这样，你才有资格谈论怎么尽孝，谈论娃要如何教育，否则，都是扯犊子。

金钱、健康、感情、梦想，都是我所渴望的。

我知道，只有努力，才是一切美好的开始。

生活并不美好，
但不努力会更糟糕

文 / 何以夕

姐姐和姐夫去了美国之后，一直都没有回过国。今年因为父亲生病，他们回国待了一个月。和他们相处的一个月，我看到了人与人思想的差距，也似乎明白了这种差距存在的原因。

五年前，他们两个博士毕业，为了追求人生理想，毅然决然地去了美国。这些年来，我们联系得越来越少。除了因为我们之间可聊的话题不多，更主要的原因是他们真的很忙。

这次父亲生病，我得到消息的第二天就告诉了姐姐。因为我知道我需要她的帮助。

果然，她哭着看完我在微信上扔给她的炸弹，抹干眼泪对我说："事已至此，要努力应对，竭尽全力，不留遗憾。”

虽然我们之间隔着十三个小时的时差，但她总是在第一时间回复我的消息，仔细分析着检验单上的每一个数据，为我指明下一步该做的事情。

要是没有她，我真不知道该怎么办。父亲生病之后，我像个无头苍蝇一样在网上阅读大量的帖子，却提取不到任何一条有用的信息。我不知道为何她能在短时间内掌握这些知识，并做出正确的判断。直到有一天，她对我说：“你在国内，多花时间跑跑医院和陪陪老爸，我在国外多看文献。以前我得过白癜风，那几年，我几乎看遍了网上所有的帖子，好的帖子会给我们提供很大的帮助，现在我看一篇帖子，一眼就能判断是真还是假。”

我知道她得过白癜风，但并不知道那是一种治愈率低得令人绝望的疾病，她治愈了，而我现在才知道，她曾经付出过多少努力。

长久以来，她都是一个特别坚强的人，她的坚强表现在她想做的事情，就会付出百分之百的努力。她是一只打不死的小强，只要有百分之一的希望，她就坚信自己会属于那百分之一。这也是为什么她明知道父亲的病情并不乐观，在医生建议尽快手术的时候，她还是坚持决定先放疗，三个月之后再手术。术后的降期病理报告显示，她的决定是正确的。

或许只有她自己才知道每做出一个决定需要多少日夜的煎熬。她总是在微信上跟我说，要把病情第一时间告诉她。她还跟我说，不要告诉爸妈她最近一直熬夜到凌晨三点钟，她真的没事，她能把工作和生活协调好。

老爸手术期间，她回国了。几年没见，她倒是没多大变化，还是那么镇静、那么笃定。跟主治医生聊病情的时候，也还是那么专业、那么自信。

相比之下，最近一段时间，我除了沮丧，什么都做不了。不懂医疗方案，不敢做决定，还时不时像个白痴一样问她一些特别不专业的问题。沉湎于痛苦，其实是自私。

我也希望自己能帮上更多的忙，能应对更多未知的事情。我也终于明白，自己与他人的差距不在于身高、年纪、出身或是其他，而是别人一直努力而使自己产生的某种羞愧感。

父亲病情稳定的时候，我们也会聊些其他的事情。比如她在异国他乡的生活，和我始终搞不懂她所研究的课题，以及为何她对学术如此执着。

她过着一种简单的、一心一意的生活。生活的魅力就在于追求你感兴趣的东西。还有什么比这样的生活更有意义？

由于父亲生病的原因，最近我的思想上也有一些变化。我的心锁住了，丝毫不自由。在残忍的、现实的生活面前，我的创作活力如此疲软，面对写作开始力不从心。我甚至开始怀疑写作的意义。就像《杯酒人生》里无奈落魄的Miles总是悲观地认为："我是摩天大楼窗户上的一枚指纹，我是手纸上的一抹粪便，和几万吨的粪水一起冲向大海。”这个世界根本不在乎我要说什么，我是如此微不足道。

生活对于我来说，到底意味着什么？特别是见识了那么多生活带来的猝不及防的悲哀。真不好意思，智慧没有随着年龄增长。因为比写作更庸俗的是生活。

我不是专业写字的，我没有那种一定要写出旷世之作的豪情，驱使我写作的动力，只是因为它能证明我还活着。要是平时不写点文字，还能用什么拯救我平庸的一生呢？

六十岁的贾平凹在写《带灯》的时候说，写《带灯》的过程，也是整理他自己的过程。《带灯》是他的“转身”之作，虽只是稍微地转身，但也常常听到转身时关关节节都在响动。转身不易，却仍执拗于此，是作家之为作家的本真与痴心所在。他说：“不写东西我还能做什么呢，让我试试，我没有能力做到，我可以在心里向往啊。我看见了那么个好东西，能偷到手的是贼，惦记着也是贼么。”

如果连惦记的勇气也没有，这一辈子可真白活了。

突然觉得，人这一辈子，最可惜的莫过于浪费了自己的才华。富坚义博的成名作《幽游白书》刚开始连载时，所有人都低估了他的才能。那时的富坚，网点是仔细贴的，线条是认真描的，时间是不敢拖的，情节发展是中规中矩的，完全看不出那种日后居然敢拿草稿对付读者的豪迈。至于日后《全职猎人》的无限期休刊，我们也只能在被迫接受和耐心等待的同时，为他浪费掉的才华感到惋惜。

更何况才华足够配得上梦想的人实在太少了。平凡如你我，也只能凭借一点点的坚持和信念，弥补力量上的不足。自信和努力真的太重要了，自信能让你开始努力，努力能让看起来遥不可及的目标一步步实现。

生活并不美好，但你不努力，它只会越来越糟。

记得很久以前，我曾问过姐姐一个问题："人一出生，命运就已经被决定了吗？"

她问答："是的，上帝决定了你的命运，但他也听从你的努力。"

你的命运，一半在上帝手中，另一半在自己手中。你的一生就在于运用自己手里所拥有的，去获取上帝手中所掌握的。你的努力越强大，你获得的就越丰硕。在你得意忘形时，别忘了上帝手中有你一半的命运，在你彻底绝望时，别忘了自己手中还掌握着另一半的命运。

我们的善良，必须带些锋芒

文 / 猪小闹

爱默生有一句话，叫作“你的善良，必须带点锋芒”，近日来我看到有作者写出同名文章，但我觉得遗憾的是作者只是以古代历史上的人物作为借鉴，多少让人有些意犹未尽。

善良，当然是一种美德，这是值得称颂的。

但，如果盲目的善良，就不是一种美德，而是一种愚蠢。

曾经我就是那样愚蠢的一个人。

年少的时候，常常会莫名其妙地喜欢上一个人。

喜欢一个人也不尽指男生，女生也包括在内。

我喜欢一个人的时候，便是想拼了命对那人好，什么都舍得贡献出来。他想要的东西我都去弄到，自己家里的、自己舍不得的，都愿意给他。但可怕的是，我发现我就算把心掏出来给人家了，人家照样没有觉得你很好，只是觉得你很傻而已。

前些年，公司里有个部门的女生经常请我帮她做事，她来的时间较短，很多数据她不能够理解，她便每次都来请教我。但当我告诉她之后，没过几天她就又忘了，于是我又帮她讲解原理，并次次帮她整理好。

这一天，她又来让我帮她做张比较复杂的表，但刚好那两日我的工作非常忙碌，我便首次拒绝了她，让她自己去弄。没想到的是，平日里嘴巴极甜叫着姐姐的她，马上变了脸色，说道："你必须把我这份表弄出来，老总马上就要。"

我当时忍住气，努力地跟她解释："我也没办法，现在我这里的活都堆了起来，如果想让我帮，请等两天。如果你不能等，就自己做，或者找别人帮。"

她一听完，马上炸开了："什么等两天？每次都是你帮我，你让我找谁去？"我一听，火气也上来了，忍不住说："你爱找谁就找谁！怎么，你觉得，每次都是我帮你就是应该的？是我欠了你的吗？！"

话虽如此，可后来没出息的我，还是用了晚上休息的时间帮她弄好。但也告诫了她，这是最后一次，再也没有下次了。

在那之后，我发现，我跟她连陌生人都不如了。

她见我连招呼都不打，假装不认识地扭过头，并在其他同事面前，一再说我凶恶，不帮助她。

我常常很委屈，帮你是情分，不帮你是本分。我不帮你，难道还成了错处了吗？

想来想去，还是自己无底线的“无私奉献”给了她一种错觉，使她把我的“帮助”当成“义务”。

我有一位同学，跟我差不多的性格。

有一年，她把她所有的钱都借给了一位亲戚做投资。

亲戚借的时候说的是最多几天，不超过一月就还。

可同学等了半年，亲戚也没有要还的意思。

直到足足等了两年，同学家里有事，急需用钱，才忍不住向亲戚开了口。

可那亲戚说："我也想还啊，但别人欠我的钱，也都没还我。"

我那傻同学听亲戚这样一说，觉得对方也有难处，居然又默默地回家了，找家人托了关系千辛万苦地贷了款才解决了问题。

但后来听说的是，她那亲戚根本就不是没钱，而是拿她的钱去放了高利贷。

同学知道实情后，气得哭了起来，直骂那亲戚不是人。

我事后骂她，亲兄弟还明算账，你们关系又没那么熟，人家几句话就把你钱骗走了，你是不是傻？

同学委屈得要命，我好心才帮他的，难道我好心还错了吗？

好心没错，错的是当滥好人。

在自己经济并无保障、不了解对方情况的时候就把所有钱财借给并不熟悉的人，这不是善良，这是傻。

我还有位女友，她就跟我们不大一样。

她看起来很温婉，可温婉当中却又藏着别人不容小觑的力量。她做事认真，为人处世异常得体。

比如，她遇到同事要求帮助的情况下，她会这样说："我很想帮助你，但是我觉得，如果我现在帮你做，真的是害了你。这些工作，都是你必须学会的。所以，你得自己努力，我相信，你可以做到的。"

她说这些话时，语气诚恳，态度也十分真诚，同事听到后绝对不会怪她，反而会十分感激她。

她遇到亲戚朋友借钱，一般来说，在她不是很了解对方情况之前，她会不紧不慢地说："啊，你缺钱了吗？这样啊，容我想想，好吗？"

在了解对方详细情况之后，如果对方是像我前面提到的那位同学的亲戚一样去投资，她会一口回绝掉："抱歉，我对你的投资方面实在不懂，凭我的这点钱也实在在一个项目里起不到什么作用。并且，一个家庭里必须有一点储备资金，我相信你也能理解我。"

她这样说了之后，对方一般都不会纠缠，也不会在面子上怪罪她。

但如果对方真的是急事，她还是会借出去的，只是借钱的金额，是在她必须保留好家庭备用的情况下。

初时，我跟我前面那位同学都会觉得这位女友，太过于冷静理智，不同于我们这般快意恩仇，但后来我却越来越发现，女友她的做法是对的。

她这些年来，虽然拒绝了一些人的要求，可她的人缘关系却一直不错，无论她有没有帮助过别人，她身边的人都对她完全信赖，根本不同于我跟我同学那样，费力不讨好。

这些年来，我也一直在反思自己，善良真的全部是好的吗？

答案是：未必。

有些善良，根本不能算是好事。例如，从前的我总喜欢帮助别人做事，但遇到的某些天性依赖性强的，觉得既然有人帮她做，她便根本不求上进。其实，这对自己和对方都没有好处。毕竟，每个人都要自己成长，你不能去替代别人成长。

有句话叫作好心办坏事，说的就是盲目善良的人们。当别有用心的人看到你没有锋芒的善良，便会利用你的善良来捆绑你，达到各种不可告人的目的。

大部分人都有颗善良的心，磆缺乏辨别是非的眼睛，前段时间“知乎大V童瑶”事件，正是说明了此类问题。

我们善良，这是本性。

可善良的同时，也必须具备一些明辨是非的锋芒，要认清事实真相，而不是为了证明你是一个善良的人，为了怕得罪亲朋好友而去被迫地帮助别人。

更多的时候，我们要去想想这件事对自己产生的是怎样的后果，以及对方是不是真的很需要帮助。

陀思妥耶夫斯基说过，但凡善良的人总喜欢把人往好处想，总是把人想得比实际上更好，总爱夸大他们的好处。对于这样善良的人来说，以后的幻灭是很难过的，在他们觉得自己负有责任时就更难过了。

我想，善良是一种人生态度，这种态度关乎自己和帮助过的人都在其中获得幸福与快乐。

帮助了特别需要帮助的人，得到别人的尊敬和认可，我们心里会快乐，而对方也能够渡过难关，这样的善良，才是真正可用的善良。

而那些一味嘴上说着善良，绑架甚至利用别人的善良，都不是真正善良的人做的事情，可以怀疑那是居心叵测的行为。

那些由于害怕得罪别人，而迫不得已善良的举动，我们真的可以屏蔽掉。那些被人别有用心鼓动你去善良的“善良”，我们要坚决地说声“sorry，I can't do this”。

PART 4

你不是世界的中心，却是独一无二的自己

夜深了，你怎么还不睡

文 / 清谈

生活是什么呢？生活是时时刻刻不知如何是好。

每个新年的伊始，我都期望能与过去的自己诀别，然而，这种幻想在早上一睁开眼的时候就会破灭。每个新年的伊始，我都觉得生活应该美好起来，当然，这种自我暗示也会在第三天的凌晨彻底崩溃。

毫无疑问，年是新的，我是旧的。嗯，新年是到来了，同时也宣告着去年的目标一个都没圆满。我变成了一个想的总是比做的多的人，也许你也一样。虽然这话听起来多少有点泄气。

我发现平凡普通的日子折磨人久了，“特殊”的日子就越来越多。末日、情人节、光棍节、圣诞、元旦，甚至我还听说，2013 年 1 月 4 日是两千年难得一遇的好日子，因为谐音是爱你一生一世。当然不得不承认在所谓末日刚刚流传那阵儿，我也是打算这天结婚的。不过，那是好久之前的事了。因为现在的我太无情趣。比起玛雅人的末日，基督徒的圣诞，西方的情人节，我连传统的冬至、中秋、元宵，都没吃饺子、月饼和汤圆。不过还是该感谢那些节日和特殊日子的发明者，在这无色无味的时光里试图撒点盐巴的人。

我是不愿回到旧地见到故人的。我喜欢陌生的人事，就好像能暗示自己是个新的开始。无法释怀曾做过的那些丢人的事，即便别人都已忘记，但一想起就觉得懊恼。自我暗示对人来说很重要吧，就像恋爱时的誓言，结婚时的婚礼。但是这些形式上的东西真的重要吗？有些事情，是没有答案的。

譬如，有一个人，你难过时永远也想不起来他，但你开心时总会第一个想到他。特别是吃到美食、看见美景时，希望他能一起分享。你有困难时从来不会告诉他，但他有困难时你会竭尽全力扶持。你们甚至好几个月都不说一句话，但每次见面、聊天都会使你愉悦，没有陌生感。你以为那是爱情，后来觉得又不是，再后来他结婚了。你没有难过，也没有开心。

我又开始清理东西了，电脑里的文字、照片。微信里的同事、网友。微博里的关注、粉丝。手机里的短信、联系人。柜子里的衣服、鞋子。当别人以购物、聊天、蹦极等各种途径来宣泄情绪时，我选择的方式是抛弃。

每当我扔掉或删掉一些东西时，就觉得莫名的顺畅。特别是听到回收站全部清空时的那种干脆利索的声响，很悦耳，这感觉就像暗示自己能清理掉过往一切的不愉快似的。

有朋友跟我说，世界末日我们没死，以后的余生都是赠品。是啊，买二十赠五十，值了。不就是压力嘛，谁没有啊。不就是烦恼嘛，显摆什么呀。不就是孤独嘛，能怎么着啊。活着都是赠品了，还不允许赠品有点并发症啊。

对人总是有种莫名的信任感，因此经常被骗。但是最致命的不是伤害，而是没脸。没错，我就是那种好了伤疤忘了疼的人。但前提是你不要让同一个人在同一地方给我挖两次坑。骗人都懒得创新，那真是没救了。

一直挺纳闷儿的，为什么江南 style 能火，反正我一点都不喜欢这首歌和这个舞蹈。世界有它的潮流，我有自己的立场。纵使落伍，也不跟随。即便跟随，也遵内心。话说，我好像一直走得很慢，反正就是总跟不上趟儿的那一个。但是走得慢也是有好处的，正好可以认真看看风景。若我们不在同一频率上，你不必迁就等我，我也不会费力追你。能有那么一两个人看得懂我拍的照，听得懂我说的话，也就够了。毕竟每个人都有自己独立的生活，而你对我，一知半解，就好。

朋友来电提到同学贾结婚了，好几个月前。我突然有些愣神。她曾多次邀请过我去她的家乡骑马，她是唯一一个在炎炎烈日下陪我练两小时排球，最后又求体育老师再给我一次补考机会的人。我突然奇怪当时怎么会没有跟她成为要好的朋友，抑或是毕业后怎么就突然断了联系了。对她，记忆最深刻的事，竟然是她曾用了一上午的时间给喜欢的人煲了一锅汤，但是那个男生只喝了一口，然后吐掉，转身走了。不知为什么，想起她的时候脑中总会浮现那碗汤。

佛曰："若无缘，与之言多，亦废。若有缘，你的存在就能惊醒他所有的感觉。"师太却说："爱情总归是要失败的。不是败于难成眷属的无奈，就是败于终成眷属的倦怠。"

夜这样长，又这么短。我喜欢夜的包容与接纳，也只有在这个时候才能静下心思考。思考很重要，它能让你看清事物本来该有的样子。

那么，夜深了，你怎么还不睡？

你看到了圣诞老人带着白雪公主，赶着南瓜马车从头顶划过，你相信他们是去采蘑菇了，一定还会回来的。

你在等他们回来。

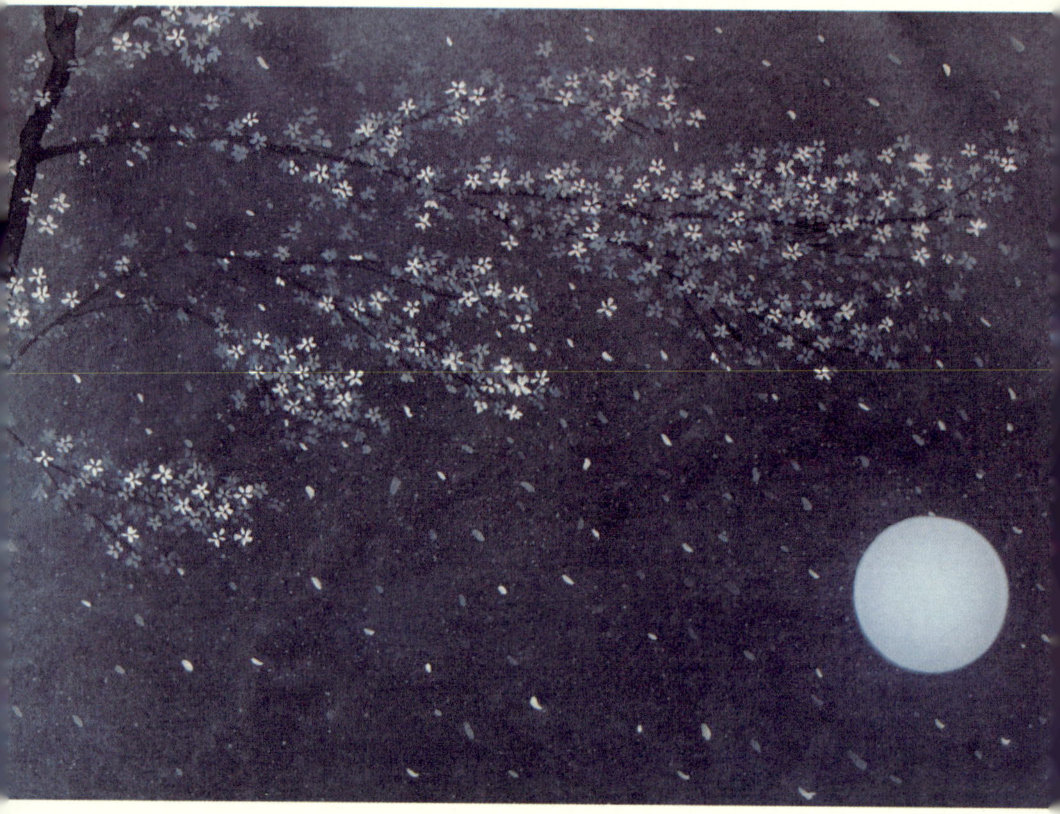

我还有改变的可能性，

一想起这点，

我就心潮澎湃。

是否你也在沉默里，寻找一个像我的人

文 / 三十

听李志，听《寻找》，昏昏欲睡的旋律却让我整夜整夜失眠。这其实并不是一首歌，或许是一杯 Death Wish Coffee，含有全世界最浓烈的咖啡因。

天花板仿佛一张斑驳的投影，把我的心投射在头顶，仓央嘉措的那句“我放下过天地，却未曾放下过你”就在头顶循环播放。

我想，这世界尽管纷繁复杂，但每个成年人不过三条路，或留守，或寻找，或随波逐流。

随波逐流是一件美事，跟吃饭、睡觉一样，让我们觉得如此必要、理所当然，天下熙熙皆为利来，天下攘攘皆为利往，我们裹挟其中，顺流而

下，忘记了我们从哪里来，去往哪里，连想一想这一生要干什么的时间都没有，日复一日犹坐井底而不自知，甚至嘲笑起年轻时的荒诞和浪漫。罗曼·罗兰说：“大部分人在二三十岁就死了，因为过了这个年龄，他们只是自己的影子，此后的余生则是在模仿自己中度过。”假如真的有上帝，他也会困惑人这种生物，活着的时候仿佛不知道会死，死去的时候仿佛从来没有活过。这便是大多数人的人生。

在这大多数人中，有一部分会沾沾自喜，有一部分会感到失落。木心先生说：“很多人的失落，是违背了自己少年时的立志。自认为成熟、自认为练达、自认为精明，从前多幼稚，总算看透了、看穿了。于是，我们就此变成了自己年少时最憎恶的那种人。”失落的这部分，往往在有一天会苏醒，并开始寻找。我非常喜欢的一部电影《白日梦想家》里被名利之徒嘲笑为智障的沃尔特，靠白日梦与现实和解，是生活在一场又一场英雄主义的白日梦下的最彻底的屌丝，搭火车上班的路上，面对婚恋网站要求他介绍自己的问题，面对乏善可陈的自己，他臆想着自己如同超人一般拯救世界，就在这时火车呼啸而过，他错过了上班的火车。绚丽的白日梦无疑把他的命运指向可悲可笑，他如同一台生锈的机器，把自己的轰鸣压抑在这个正常运转的世界之外。直到有一天，当他为了完成杂志最后一期封面，为了寻回遗失的胶卷，他看着自己少年时代的朋克发型和滑板车，跨出了平凡的屌丝生活，鼓起勇气去追求肖恩·潘演绎的狂野摄影师。格陵兰岛、喜马拉雅、沙漠足球、公路滑板，仿佛身体里被屏蔽的那个自我在这一场奇幻的冒险中彻底复活，当然他的人生也因此获得了纷至沓来的欣赏和尊重。虽然电影只是一场两小时的寓言，是一场有预谋的更大的白日梦，但寻找的意义不容否认。

寻找是具有普遍意义的，对任何起点的人而言都意义非凡。如果说沉沦于人生低谷的沃尔特，他的寻找等价于赢得尊重、与众不同的快捷方式，那处于峰顶的人生赢家们是否还需要寻找？他们会寻找什么呢？电影《居家男人》里，已经是华尔街上流社会里极具权势的黄金单身汉的杰克，十三年前深爱并承诺厮守的女友已经成为昨夜遗梦。自认为“拥有了想要的一切”的他在飘雪的圣诞夜被圣诞老人整蛊，一觉醒来，叱咤风云的名流绅士变成白天卖轮胎、晚上奶娃换尿布的落拓奶爸，而他竟然也在挣扎抗拒、无可奈何中渐渐爱上了家的感觉，已成为他妻子的十三年前的女友凯特，此刻也远比过去十三年来他认识的所有女人更迷人、更智慧，也更重要。就在他领悟到这一切，一觉醒来他又成了华尔街黄金单身汉，他从垃圾桶找出凯特的电话号码，开始去寻找沉睡多年刚刚复苏的梦。

随波逐流、寻找，或许如同酩酊大醉和酒后初醒，那留守就如同“众人皆醉我独醒”。留守的人，或者确切地说是坚守，这需要非凡的勇气，《我在故宫修文物》中的匠人们，瞬息万变的现代都市里信奉慢工出细活，以终身制的职业精神坚守使命。《1900 的传奇》里把一生放逐于汪洋、放弃踏上陆地的 1900，与自己的心灵共度一生，内心的涓涓细流化作海上幽静、传奇的音符。《超脱》中在无奈的虚无中自我救赎的亨利，影片结束的那个镜头，在一片狼藉的教室里，亨利对着空无一人的教室平静专注地朗读着书本，尽管“我的灵魂与我之间的距离如此遥远”，尽管命运似一份无解的答卷，但他与他的灵魂同样平静、彼此投入，宁静的坚守让他从现实的泥沼中彻底涅槃。

“我放下过天地，却未曾放下过你”，你本不该轻易放下那个原始、稚嫩、珍贵、独一无二的你，那个未被世界的浪潮浸透、克隆、遮蔽、愚弄的你，即使过去的你没有做到坚守，那至少在不远的某一天醒过来，尝试寻找，即使结局未卜，也强过死神收割前感慨随波逐流的不堪。

李志在唱“是否你也在沉默里，寻找一个像我的人，在每个像我的季节里，和他们在一起”。我眼前忽然浮现起大学的阶梯教室里，前排那个试图搭讪的男生离开教室，十八九岁的我上完厕所回来却发现桌上多了一罐可乐，下面还压着一张字条，上面写着“一切皆有可能。——李宁”。我笑了，那一年我是嘲笑，这一刻我是欣赏。

致每一个
害怕未来的自己

文 / 谈西

我是赤手空拳，可是我为什么非要总想着和世界打一架呢，我分明可以和它也和自己握手言和啊。

“册那，哪能开车噶？”开班车的老师傅又在抱怨这糟糕的路况和所有愚蠢的司机。我坐在靠窗的位子上，眼前一个又一个标志性建筑物，东方明珠、大起子、金茂大厦默默掠过。

穿梭在摩天大厦与车流中间，我好像不是我，而成了一个被运输的物件。终于下了班车，走在人行横道上，走过那个路口，我到了等车的地方。还有一大拨人和我一样等着回家的信号，他们向大巴来的方向翘首仰望着，有人踮着脚伸着头，身体倾斜，想先一步看到车子以便做出反应。路灯黄色的光打在柏油马路上，打在干枯的树枝上，还有站牌旁的人群身上。

假期里，每天都需要坐城际公交去实习的地方，基本上九点出发，下午一点才能到，晚上到家大概也是九点了。我妈一边给我重新热菜，一边跟我说，你这么一天到晚坐车，太累了。我说，可是要住在家里的话没办法啊。她又说，唉，还是太累了。我扒了口饭，没接话。

过年的时候，给好友们在微信上都互道了祝福，刚准备放下手机睡觉，提示有一条新信息进来。

有一个朋友，说他睡不着，心里烦。

我一直觉得，有什么不开心的事情，在过年的时候绕道走，然后在假期里吃吃喝喝玩玩，摇头晃脑在亲戚朋友面前虚答几句，尝一尝所谓“世俗”的快乐，暂时不去想许许多多复杂的事情。但是如果真是放不下，恐怕真的很困扰。

虚虚实实聊了很久，烦恼是因为他最近的实习工作有一些变动。

简单来说，他很害怕他不能让新的直属领导满意，害怕自己成长得不够快，害怕自己所做的一切都是徒劳无功。

我原本想安慰他，想到自己，我自己又何尝不害怕呢？那种感觉其实我很明白，即将从大学校园步入纷繁复杂的社会，有期待但是更多的是恐惧吧，恐惧自己难担重任，恐惧自己一事无成。

现在的我们，就像在黑暗的隧道里前进，隧道的尽头有刺眼的白光，可是那白光后面是什么呢？是阳光倾洒、鲜花摇曳还是冷风肆意、荒草漫漫？那匹纵横驰骋奔向白光的马儿，可是我却抓不到那缰绳，于是我开始慌乱。

他说，有时候会觉得自己真是无用啊。

是啊，是无用啊，一个看起来不带有任何情感色彩，只是讲述实际情况的冷静客观的词，却这样让人觉得刺痛呢？只是无用，却是无用啊。

年幼时坐在草堆上的自己，手里用草秸秆编各种玩意儿，幻想自己的未来，即使做不成驾着七彩祥云的英雄，也想做一个行侠仗义潇洒走一回的侠客。可是时间那么快，好像我还没从草堆上跳下来，我就要决定自己何去何从了。

而且，分明我什么都不会啊，没有一身武艺，也没有武功秘籍。

未来会是怎样呢？

赤手空拳的我，可以应对吗？

年后有一次回家，那天因为下雨，公交来得特别晚，我分明觉得前面那个大叔的脖子都要伸断了，公交才挪着它那肥大的身子姗姗而来。自然公交上已经有很多人了，而我却不得不硬着头皮继续挤上去。

我想往车厢里面走走，可是根本动不了，于是我索性就站在那几个高一阶的座位旁边，脚好不容易在坐着的人的脚边找到空地立住，然后手去够那栏杆吊着自己。不一会儿，旁边又站过来一个阿姨，她手里拿着刚出炉的面包，香气直往我的鼻子里钻，真的好香，尤其是对于我这个饭点却不能吃饭的人来说，闻一下味道，都有种全身一抖擞的感觉，有点馋啊，当我意识到自己这不争气的样子，突然就自己笑了。

旁边的阿姨发现了，她把面包打开，往我的方向一递，跟我说："吃一点吧，我下班的时候就去排队买的。"

我连忙说不不不，多不好意思啊，然后转过头去打量这个阿姨，瘦瘦的，黑长直，戴一副银边眼镜，穿着一套黑色的女士西装。当我在心里想，这个阿姨看起来像个会计，在我乱想的时候，阿姨又把面包往我这边送，说："尝尝看啊，挺好吃的。"哎呀，太香了，我没能抵住诱惑，直接就着咬了一口。吃完了连忙道谢，说："很好吃。"

是真的很好吃。

外面大雨滂沱，雨水砸在玻璃窗上，滑落，拉出一条又一条轨迹，高速公路上各种车扎堆，每个司机都企图用摁喇叭来代替挥拳，每一声鸣笛里似乎都带着怒意。车厢里，坐着的人闭眼假寐，站着的人眼神空洞。而这一刻，我在这拥挤窒闷的密闭空间里，从一个陌生人的手里，吃到一口香软酥松的面包，凭空收获了一份温暖。

面包的香气和黑长直阿姨的眉眼弯弯的善意，是一份多么诗意的礼物。此刻我的心，像是造纸厂里刚刚造出的最崭新的一张纸，雪白平展，师傅轻轻一抖就哗啦啦雀跃地歌唱起来，那滂沱的大雨也不能影响我一丁点。

我开始和阿姨有一搭没一搭地聊起天来，大概就是每天都坐几点的车啊，最近天气真差啊。

我右手边一个坐着的胖胖的阿姨，也加入了聊天的阵营。她拉了拉我的袖子，胖胖的阿姨是短卷发圆脸，跟我讲起最近经济行情不好，很多公司都取消年会啦，年终奖都没有了，但是她有个小姐妹的公司过年发东西哦……我在她旁边听她讲，不时点个头，或是应和一声，我有点受宠若惊又有点不知所措，我知道她对我说的这些话，应该不是第一遍，也不会是最后一遍。

不过，我因为她认真又诚恳的态度有一点感动，仿佛我是去她家做客的亲朋好友中的一个，有能共饮一杯茶一般的亲密。

黑长直阿姨似乎对这些话题没兴趣，并不搭话。经济行情告一段落，短卷发阿姨开始刷手机，我也默默地假装很认真地站着。一会儿，短卷发阿姨似乎是发现了什么，连忙把手机递给我看，她说：“你看啊，这人真可怜啊。”

我看了一眼，是一则社会新闻讲一个被骗的妇女带着孩子奔波辗转的艰苦生活。这位阿姨的感叹里攒着七分旁观者的同情，三分“幸好不是我”的侥幸。

典型的小市民，却不带一丝虚伪，她对自己的角色这样地投入，这份投入竟显出点可爱来。短卷发阿姨坐着坐着就渐渐睡着了。

路还很长，我给手机插上耳机，打开播放器，然后分享了一只耳机给左手边的阿姨。

“你怎么知道我喜欢听歌？我在家里就喜欢听歌。”黑长直阿姨露出欣喜的表情，“这是莫文蔚的歌吧？”

我微笑着点了点头。

后来几天，坐在家里晒太阳的时候，我不时想起那两位阿姨。看着茶杯里升起白烟袅袅，我好像突然就想通了。

我是赤手空拳，可是我为什么非要总想着和世界打一架呢，我分明可以和它也和自己握手言和啊。

现在讨论着究竟是选择就业还是决定考研的我们，也许都像一张白纸，什么都没有，可是我们都还没被雨水打湿，而且最重要的是，已经不会比这更糟糕了不是吗？

寒假的时候知道自己喜欢的一个名字叫“那我懂你意思了”的独立乐队解散了。知道这个消息的时候，禁不住有些茫然，我都还没能看到他们的现场，怎么就解散了？当时一阵子空荡荡的感觉，像心里盛着的月光忽然没有了落脚的方向。

鼓手大爆了一张解约协议书说：“不想面对的事还是要面对，签下之后，目前我和‘那我懂你意思了’这七个字就暂时没有关系了。”大爆透露，解散是因为主唱修泽，他还说，以前还一直以为自己是乐队成员，没想到最后自己只是陈老师的乐手。

很难过。

可是想起修泽曾谈起《所以我停下来》时说：刚毕业的那阵子写的歌，也刚失恋，即将当兵，乐团没有下落，一切茫然，只是一个没有什么专业的戏剧学院的毕业生，所以想停下来，现在的茫然似乎没有好到哪里去。我想这一切也停不下来，无论如何。

忽然就想原谅他。

未来，诱惑会变多、困难会变多，种种因素都会复杂起来，也许我以后会变成一个自己也不认识的人。会变得更好？会变得更差？可是不管怎样，那都是我啊。

想到每一个人都不必相同，真是让人松一口气啊。

有一个朋友说，他好想回到初中去，回到那时候就不用像现在这样想这些乱七八糟的事。

问我自己，我会想回去吗？我有时候虽然也很讨厌，很想逃避一些东西，可是我并不想回到过去。那个时候努力又认真的自己啊，我很喜欢，现在想起来都是件骄傲的事啊。如果现在的我回去，那个自己怕是才要嘲笑我吧。

彷徨和迷茫都是正常，却不必害怕。

为未来焦虑的孩子也要枕着新年的爆竹声睡去；喜欢听歌的黑长直阿姨

和拉着你聊天的短卷发阿姨都很可爱；放弃乐队的修泽也有他的理由。

过年时炮仗噼里啪啦响，跳动的火光和蹿上蹿下的小鞭炮，终究会变成一地的纸屑，呈着暗淡的红色，第二天早上会有一把巨大的扫帚来赶走它们。只是就算它们消失了，你还记得昨晚闯进梦中的声响。

决定考研的朋友趁着最后的时光有假期就出去浪，决定就业的忙着找实习投简历成立互帮小组，准备考公务员的买课程找资料，一边努力一边静静享受现下平静的生活。

时间是不停歇的白马，不会因为你害怕而停下。可是恐惧却会束缚你自己的手脚，蒙住你的眼睛。

如果因为害怕想着让自己强大自然是件好事，但是如果你还没上路，却已经被恐惧造就的幻象吓倒了，那也太不值了不是吗？嘿，往前走吧，你可以慢慢学会武装自己，却不要因为自己造出的虚幻在原地打转。

花开得那么好，刚经过的男生笑得那么腼腆好看，小鸟在新抽芽的枝上乱跳，面包店里涌出滚滚香气，这么多美好有趣的事，可不能因为不必要的自怨自艾而错过。

把脚往前踏，学会飞翔。

赤手空拳，也有与这个世界握手和为自己鼓掌的机会。

要知道，彷徨和迷茫都是正常，人生不必害怕。

愿你成为猫一样的女人

文 / ring_柠

早上刚醒就接到乐姐的电话，约我出来吃顿饭，然后看看新写的剧本。手机那端的声音圆润得很好听。软软的，像猫一样。

福建春季多雨，所有人都打着雨伞行色匆匆走过的时候，我也撑着伞，快步向餐厅赶去。

西餐厅的门口处摆着一架钢琴，红黑色的轮廓很衬餐厅的格调。服务员迎了上来，笑着问我几位。我看了看四周，对她说："不好意思，帮我找个靠窗的位置，我在等人，麻烦了。"

餐厅的灯光相当温暖，格调优雅别致。桌子的间距让人不会有约束的感觉，更里面则是一个不大的吧台，上面摆放着许多红酒。以我的经济状况，这样的餐厅我大概是不会来的。我看着窗外一排排的梧桐树，心里想道。

“Hello，等久了吧。”

我回过头，乐姐披着一件黑色外套，紧身衣充分地修饰了身材。尖细的鞋跟气场十足，趾高气扬的曲线极富有女性气息。乐姐拿过剧本看了起来，我则诚惶诚恐地盯着她妖艳的脸庞，呀，比上次又漂亮多了。

“差点忘了,先点餐吧。”乐姐不好意思地笑着拿过单子,问,“想吃什么？”

“我没来过这里，你帮我点吧。”

她叫来服务员，点好后又继续拿起剧本看了起来。过了会儿，她把剧本递给我：“这里，这里，细节处理得不好。”她指着那段内容，我看了看，无可奈何地叹了口气：“这集主要讲刚毕业大学生分手后的心理活动，我还没毕业，何况我现在连女朋友都没有。总不能用对话掩盖掉吧，这更不合适了。大学生那么多，哪有那么多王八蛋毕业就说分手的。”

乐姐把剧本扔在桌上，拿起火柴把桌上的香蜡点着。她喝了口水，抿了抿嘴唇然后说：“我就是那个王八蛋。”

“现在是毕业的季节，也是分手的季节。毕业那天我们一起失恋，这应该是我和他，不，应该是所有大学情侣逃不过的宿命。所有的情侣都会有一样的表情，一样的念头，一样坚持的心情。只要坚信，只要坚持一定能走到最后。直到很久的后来，我们才知道并不是每个相爱的人都会走向同一个方向。”

“所以，你分手时什么感受呢？”

她用叉子搅拌着盘子里的意大利面，拿起后又放下了。她捋了捋头发，问我：“你养过猫没有？”没等我回答，乐姐就自顾自地继续说了下去。

“我和他在一起时，养过一只猫。小猫断奶后，会被母猫驱赶离开。等它慢慢长大，它们学会觅食和保护领地，这是每个猫科动物的天性。然后它们选择主动远走，离开一起生活的猫咪们。

“它不喜欢熟悉的人突然消失，这让它失去安全感。可之后呢，它们很快地接受离别，忘却离别，然后快乐重新开始。猫的懒散态度，不及狗的忠诚更惹人喜欢。但无论哪种猫，归根结底都是猫。无论哪种女人，归根结底都是女人。

“难过，接受，忘记。虽然它们不希望经历离别。”

一对情侣挽着手，笑着从窗外经过。乐姐扭过头，怔怔地看着他们。城市所有的水汽好像都涌进了她的眼睛里，瞳孔里的那对情侣仿佛就是当年的自己。

“那个，乐姐，你现在还是一个人吗？”我试探着问道。

她低下头，等到抬起时所有的水汽都蒸发不见。

然后，她笑着说：“是啊，一个人。”

“我知道你想说什么，想知道我现在孤不孤独，对吧？孤独的滋味不好受，更糟糕的是孤独具有累加效应。一天觉得无聊待在家看电影喝啤酒，和三年十年只能自己和自己喝啤酒，感受自然不同。”乐姐突然笑了起来，“对了，说到酒，要不要来点红酒，吃牛排刚好。”

我笑着拒绝了。

我们都沉默着，窗外的雨逐渐大了起来，压得心里郁闷得很。钢琴声突然响起，黑白琴键交织着无形的牵绊，在回忆慢慢呓语着。

“林海先生的《守候》，挺不错的。”乐姐突然开口说。“嗯，是挺不错。”我不知道怎么接话，迷迷糊糊开口。

“我们，我们一起养的那只猫，从我们分开后，也丢了。可能是离开的那段日子心情非常不好，没有按时喂它猫粮。有一天，我回来，发现它也跑走了。他不要我了，猫也不要我了。那天，我蹲在墙角哭得撕心裂肺。我怎么也不相信，猫咪也会像他一样离开我。我每天都在门口买好酸奶和面包，等着猫咪回来。

“后来，好几个月过去。实习期结束，我打算离开那个城市。在我搬家那天，我在楼下看到一只脏兮兮的猫。我一下子便认定是它没错，傻站在那里和猫咪对视。我准备走上前抱抱它，它叫了一声，扭头走了。

“它远道而来，大概只是为了看我过得好不好。很久我才意识到猫大概是懂得离别的，只是没有想到，它记得我，记得我对它好。它没有离开我就一直不吃不喝地去等待故人，分开了就这样吧！”

我深吸口气，不知道该说什么。乐姐突然咯咯地笑出声，手肘撑在桌子上：“所以我告诉你不要养猫，如果要养就要一辈子不离不弃。猫的记忆很久，没心没肺的表现只是刻意而为，它们被伤害一次就是一辈子的记忆。”

“女人也是这样。”

“嗯，我知道了。”

可能，对离别长短时间的定义上，猫和人类大概是不同的。猫重隔一年和重隔一天见到主人的伤痛或兴奋大概是相同的。只是猫与女人共通之处不如是，我理解，并接受与你离别，但我并不希望与你离别。

最孤独的人应当如何相互取暖，不想恋爱的人，心中一定藏着一个不可能的人。是的，每个人都会变成自己最讨厌的那个人。钢琴继续弹奏着，让我有逃离的冲动。有些歌不能多听，前奏一响起来，悲伤倾盆而至。

告别乐姐，雨还在下。我伸出手，接过一滴雨水走在路上。就像一个人穿越人海，沿着城市盘根错节的脉络行走。你看见了许许多多的痴男怨女——穿衣服的，不穿衣服的。你站在街口，在别人的风景中痛哭流涕，可这都会过去。

忘记吧，像猫一样。

再启程，
还会不会勇敢如昨

文 / 舒心

我不再是小孩子了，我能够为自己遮风挡雨了

但是为什么，你却没有见证我的成长

郝茜与男友分手时，一个人蹲在马路边哭了很久很久。看着这个一向勇敢的姑娘脆弱至极的模样，我忍不住鼻头发酸，眼底泛潮。十年的感情，躲过了各任老师“不准恋爱”的明枪暗箭；熬过了大学四年的异地相思；克服了一天一菜的一贫如洗；最终还是败在了“家长反对”上。

我认识郝茜的时候，她正在为婚房装修，见缝插针总是趴在电脑前研究装修攻略。我对于“清工付料”“改水改电”这样的词语，都是从郝茜那里听说的。她在我心里近乎是个无所不能的女战士，从对装修的一无所知到多次跑建材后的胸有成竹，从初去五金店买电线时的粗细不分到日

后买开关、地漏时的头头是道，无不让我刮目相看。夏天，我陪她去过一次建材市场。看到年轻的姑娘头顶烈日与老商贩讨价还价买石膏线时，突然就觉得很心疼——这样年纪的姑娘应该逛商场买衣服买鞋买化妆品的。但是，男友的父母最终都没因为她呕心沥血装房子就多心疼她一点，还是毅然决然地拒绝了她这个全能的儿媳妇。

郝茜问我："你相信父母反对真能拆散一对情侣吗？"我没回答，但是，我真信。我们毕竟不是在拍《还珠格格》，一有难处就能洒脱地带上盘缠远走高飞。现实的婚姻关系中，要平衡太多人，至亲的人不支持，就如同砸掉了房屋内的承重墙，世界便会坍塌成另外一种景象。生活的反复侵袭，总有一刻会让我们再无还击之力。

郝茜患有先天性心脏病，这是男方家长强烈反对的原因，态度的强硬远远超出了郝茜的想象。在他们知情后，坚决要反悔早已定好的婚约。郝茜的男友，多年来一直瞒着父母，若不是那次无意说漏嘴，大概就不会有后来的天旋地转。起先是男友的父母劝男友分手，男友态度坚决，说要风雨同舟。郝茜在高三时，就做过康复手术，当时全班同学都为她写了祝语，让她曾一度以为全世界都温暖如春。直到男友的母亲声泪俱下地来求她放手时，她才如梦初醒，所有善良的人都会祝福你，但不代表任何人都愿意接受你。素日里端庄优雅的男友母亲，几乎是声嘶力竭地哭喊："孩子，你能理解一个做母亲的心吗？"郝茜木然地站在自己一砖一瓦精心装起的婚房里，忽然听到了整个世界轰然倒塌的声音。

郝茜与男友终是敌不过父辈的执拗，以分手结束。除了那天在大街上失控，她在众人面前，依旧平静。没有撕心裂肺的哭闹抑或是肝肠寸断的悼念，也没有忽然剪掉长发从头开始，也没有报各种班填充时间，一切都平淡如昨日，好像她的生活从未起过任何波澜。

“换作是你，你会怎样做？”郝茜问我。

“勇敢如你。”我回答。

曾经读过一首民谣：“什么是爱情？永恒是爱情。什么是永恒？单纯是永恒。什么是单纯？勇敢就单纯。”爱情，本就是一场勇敢的豪赌，它能让一个连木工瓦工都分不清的姑娘大刀阔斧地装好一套两居室，它也能让那个曾说着“非卿不娶”的人悠然转身娶了别人。兜兜转转，我们要愿赌服输。起初都笃定“必会生死相依”，后来却都说着“已经竭尽全力”。

五光十色的世界总是这样虚幻，随处都能听到“不离不弃”的真实故事，电影中也总是不断上演着“守得云开见月明”的圆满结局来传播正能量，让我们误以为只要坚持到底就一定会得偿所愿——重病的人能痊愈，相爱的人终能相守，阻挠的人会因感动而妥协。而每当我一晌贪欢之时，现实总是一记响亮的耳光无情地将我扇醒——重病的人依然机会渺茫，相爱的人总有一些被迫分手，阻挠的人还是心硬如铁。远在天边，尚有得癌症仍坚持结婚相守的恋人；近在咫尺，却是相恋十年因先天性心脏病取消婚约的准夫妻。感情一旦掺进了“不可抗力”的因素，无论怎样选择都会伤筋动骨。人力总有无力时，不是你拼命求生就一定能活下来，也不是你坚信“人定胜天”就一定能克服所有阻碍，总有翻不过的山。也许等不到天崩地裂的大灾大难来考验，单是父母的坚决反对，就会让爱情之路举步维艰。

回到十年以前，愤青的我会坚定认为是郝茜男友的父母不对，宁拆十座庙不毁一桩婚，相爱的人就该披荆斩棘最终花好月圆。但如今我指不出谁对谁错了，很多介于灰色地带的事情，不是想象中的那么黑白分明。虽然本性上还是希望有情人能修成正果，但是父辈想娶个身体健康的儿媳妇陪儿子一世终老，好像也没什么错。就连我的父母都会宏观上划定我的择偶标准：身体健康，能正经过日子，丑俊都可。我一直以为自己的三观立场坚定永不会变，可是这些变化悄然发生，在我自己都觉察不到的时候。这些年，越来越能理解父母的顽固不化了，人性都是自私的，趋利避害是所有生物的本能，郝茜的病，就是“害”。她最终没扛住，除了心疼男友那老泪纵横的父母，还有就是真怕日后自己英年早逝剩下男友孤苦伶仃。

“既然不能走到最后，那在哪儿转弯都一样吧。”郝茜后来这样说。这些未来的苦难真是不经想，越想就觉得离自己越近，好像明天就会到来一样。

“我不怕死，我怕我死后留他一个人难过。”说完这句，郝茜的眼泪大滴大滴地涌出来。十年，万水千山走到尽头，不过是荒芜一片，不是所有的百转千回都能柳暗花明。

“要一直勇敢，你很棒。”从头到尾我只说了这一句安慰的话。

每每听一个揪心的故事，都会让我内心翻滚，伤及元气。郝茜的爱情，最让我心疼的，是这个姑娘自始至终的默默无闻的勇敢，坚守时勇敢，分手时也勇敢。我们总是习惯用别人激情四射的故事来鼓舞自己惨淡无光的人生。忘记是哪一年的《感动中国十大人物》了，一位警嫂悉心照顾不幸沦为植物人的丈夫八年，最终把丈夫唤醒。诠释爱情的方式有很多种，每一种都力透着勇敢的光芒。我们屈于现实，却依然都愿意勇敢尝试，等待奇迹。

“下一次，还会这样深爱吗？”我问郝茜。

“不知道了。”郝茜长嘘一口气，“谁知道会不会有结果呢？”

看吧，摔疼的人会更怕摔。刻骨的恋爱中，与其说成难忘深爱过的伴侣，不如说更喜欢当时勇敢无畏的自己。或许摔过后，再也不会勇敢如初了。所有人最初的勇敢都如出一辙，再启程时，可能就是千姿百态了。

愿每位好姑娘
都不迷失在这尘世里

文 / 狐尾百合

那些走得慢一点的姑娘，愿你们永远不要在这个纷扰繁杂的世界里迷失。

作为一个埋头于数理化十余载的工科女，我的学生时代基本是在男生堆里度过的。眼睁睁看着身边的男女比例由初中的 1.5 ∶ 1 上升到高中的 2 ∶ 1，最后呈几何增长至大学的 17 ∶ 1。可即使是在狼多肉少的大好环境下，我依然无缘女神，反倒另辟蹊径地长成了一个很有女人缘的糙姑娘。

在我众多闺密中有七个是处得最久的，我们是初中同学，都是理科重点班的女汉子。十二三岁的年纪，剪着短发、穿着校服，雌雄难辨。大学毕业后七人不约而同地来到了南方的两座海滨城市，相隔不远，隔三岔五小聚狂欢，日子过得逍遥自在。

时间如猛兽般日夜追赶，在三十岁到来前，七位中有四位找到了自己想要的幸福，没有钻戒，没有车房，也还是满心欢喜地嫁掉了。而剩下的三位则开始了与时间和舆论抗争的苦乐生活。

当三十岁的钟声响起，三位“被剩下”的姑娘不约而同地在不同的城市重复着相似的主题——相亲。无论是公司热心的大姐介绍的本地“优质男”，还是好心的老朋友安排的“新朋友”，甚至是远在千里之外的家人亲戚辗转搭上线的“老乡”……她们都得微笑着照单全收。

刚开始还会觉得这样也好，有人关心总是好的，茫茫人海，哪那么容易就找到对的人，试一试总不会错。

可慢慢地，聊着聊着才发现：有些人是真的不合拍，有些人是你刚想合他的拍他却悄无声息地走开了；有些人是真的不喜欢；有些人是你才上点心他便说他不想耽误你了……

失望的次数越来越多，再积极阳光的女汉子也经不起生活一瓢又一瓢的冷水浇得人透心凉。

这期间，甚至还会掺杂着前男友高调结婚了，说要一直等自己的男孩娶了别人，父母终于忍不住直接开口催婚了等戏码。

就这样，纷呈的世事成功地将那批步伐稍微晚些的姑娘的心彻底搅乱了。

她们开始反思自己，是不是哪里做错了？

然后，各大社交媒体上开始出现类似“找不到对的人，只因为改不掉错的自己”“女人该如何做最好的自己”“如何成功将自己嫁掉”这样的鸡汤与鸡血文。

曾经自信满满、坚持自我的姑娘们在社会的舆论下纷纷举手投降，她们接受了自己病了、错了的现实，并开始满世界寻找治病的良方。

可是，攻略做得再好，技巧掌握得再熟练，爱情与婚姻的戏码终究是场对手戏。假如没有找到默契的对手，到头来也不过是一场自怨自艾的独角戏。

凌晨，好闺密秋葵发消息过来：

“狐尾，我好像不知道怎样和男人相处了，我……是不是病了？”

午夜，好姐妹叶青发微信询问：

“百合，作为一个雌性动物，我的两性特征是不是特别不明显啊？”

那一刻，我突然有些愤怒，一股无名之火从内心升起，却不知道该向谁发去。

我不知道是谁要求，女人三十岁之前一定要把自己嫁出去；又是谁规定，婚姻是女人人生成败的第一标尺。

我所认识的好姑娘，谦和礼让，能干上进，活得像植物般寂静向阳。如果说她们真的有什么错，也不过是比其他人更在乎自己内心的感受。关于爱情，她们要求的纯度和浓度要高出其他同类很多，因此在寻爱的路上她们不可避免地需要多走几步。

如果只因为她们的步伐比这个社会要求的节奏慢了点，便要给她们打上各种标签，扰乱她们的内心，绑架她们的灵魂，那这样的社会舆论真是太可怕了。

好在，这世上没有人可以主宰你内心的苦乐，除了你自己。

所以，那些走得慢一点的姑娘，愿你们永远不要在这个纷扰繁杂的世界里迷失。

因为，亲爱的，你没有错，错的是那群居心叵测想要把你变成他们一样的人。

PART 5

你要过想要的生活，总要付出点代价

今天，
我三十岁了

文 / 何以夕

今年看了路内的《慈悲》，他说："活到三十岁，人就会荒凉起来。"而今天，我正好三十岁，果真应验了他这句话。

已经想不起曾经的自己对三十岁的幻想，但肯定不会像现在这样：结婚一年半，依然是一个人，十年的异地消耗了本来就不多的温情，脑海里不断冒出离婚的念头，又不断强迫自己压抑这股冲动；老爸六十岁出头，突然得了重病，明明觉得自己还是个孩子，却必须在一瞬间长大，努力成为父母的支柱；自己的身体也不是很好，年初发现体内长了一个两厘米的肿瘤，因为是良性，不会危及生命，就没有管它，以为只要坚持锻炼，保持乐观，它自然就会消失，然后半年过去了，它扩大了四倍……工作上的事情更是不堪一提……总之，完全看不到一丁点的希望。

今早起床，突然想起张爱玲曾经说过：以年轻的名义，奢侈地干够这几桩坏事，然后在三十岁之前，及时回头，改正。从此褪下幼稚的外衣，将智慧带走。然后，要做一个合格的人，开始担负，开始顽强地爱着生活，爱着世界。

三十岁对于一个女人来说，是一个凄凉又无奈的转折，风霜已经侵蚀，雨露已经滴落，却还是那么在意裙裾的洁白与否。本以为“老”这个字永远跟自己无关，如今却常常感到这个字的悲伤。

而我本来就不是一个乐观的人，遇到困难更是容易沉浸在消极的情绪中。要怎样才能顽强地爱着生活，爱着世界呢？

这半年我承受的痛苦，一件件，一桩桩，不是字字句句都可以向人诉说。到头来，竟没有一个可以理解我，并给我依靠的人，包括不二，包括父母。我要学会伪装，人前人后，独自忍受。

这种忍受，让我越来越看不到生活的希望。每天醒来，辗转在空无一人的房间，一点精神都打不起来，内心很空虚，觉得生活真是毫无意义。

其实这样熬日子也不难，一睡一醒之间，又过了一天。难的是，我不得不面对自己内心的挣扎：抑制不住地对自己失望，拼命想要坚强起来，可过了一天又一天，我还是一点都没有改变。

我呵斥自己别因为某些小事消沉，却发现自己早已心灰意懒。

我怀疑自己得了抑郁症，于是做了一份自评量表，20 条症状，我条条符合。

我不知道还能怎么办，曾经想过去看 100 本励志小说或是 100T 的励志电影。但最终还是什么都没有干。曾经看过山本文绪的《涡虫》，虽然是一本治愈系的小说，但这本书却说治愈系的意义并不都是告诉你生活多美好，你要多珍惜。有时候它也是告诉你如果你想颓废，想堕落，想不积极面对生活，都无所谓。日子反正也要继续过，那些伤痛总会过去，暂时不想振作也是一种疗伤的办法。

提不起劲的生活是很正常的。然而日子久了才发现，痛苦并不使人感到像是净化人的沐浴。相反，它使人感到像一潭脏水。在每一阵新的痛苦之后出现的他不是更聪明、更坚强，而是更迟钝、更软弱。

就是在这样的状态下，我迎来了 2016 年的 8 月 31 日。

这是一个普通的工作日，我忍着因为长期吃药带来的腹痛，坚持工作。忙到上午十一点半，才抽空用手机打开 QQ，发现很多朋友留言祝我生日快乐。简简单单的几个字，我却很满足。就是突然觉得，其实生活中还是有很多美好的事物的。

有人留言问：“真真正正踏在三十而立的台阶上，是怎样的一种感觉？”

我想了一下，认认真真地回答：“日子再难，也要努力活下去。”

他回："赞，你给别人的都是正能量。"

好久没有听到别人赞同我的话了，不免觉得，还是活着比较好。想想自己这半年来，"年纪轻轻就不想活了"的想法真是不应该。

去年看《丈夫得了抑郁症》，那时候的想法是：无论任何人，在任何时候，都是能够以最真实的生存着的自己而感到自豪和骄傲的，无论是因病痛而苦闷的人，还是在周围支持他们的人，他们的生活姿态本身，就应当是一件十分值得骄傲的事。人的生命力正是在这样的煎熬中才强大起来的。

如今种种苦难发生在自己身上，那些心灵鸡汤，我还是希望能说服别人的同时，也能说服自己。

那些美好的、温暖的、丑陋的、冰冷的……我们终将像大海一样，接纳这所有。

正因为这样，在每个即将崩溃的夜晚，我都说服自己挺了过来。鸡汤就是我站在楼顶的时候会觉得目标还有很多，风景都没看呢怎么能总是伤心。

一个大概了解我目前处境的朋友说："你软弱是真的软弱，但比我见过的大多数人都要心静。"

好吧，我当这是在夸我。

怎么就三十岁了呢，一时半会儿还真接受不了。去年看路内的青春三部曲，书中说 :“年轻根本不是优点，而是一种残疾，年轻过后，大不了我们学会了掩饰残疾。”如果可以，我真希望自己可以一辈子都带着这种残疾，不会用三十岁的成熟去否定二十岁的年少轻狂，皱纹透露的永远都是清澈。

怎么就三十岁了呢，我还没有结束和不二的异地，没有生孩子，没有一个完整的家，甚至对未来还没有一个明确的构想，我还没有做好一个成熟女人的准备。

怎么就三十岁了呢，我还没有玩够，没有真真正正享受过生活，没有认识这个真实的世界，甚至没有了解真实的自己。

活到三十岁，人就会荒凉起来，越来越感觉人生的不易和时间的宝贵。

三十岁生日的今天，爱我的人都不在身边。但是没有关系。J.K. 罗琳说 :“世上充满了各种各样你还没见过的奇妙事物，永远别放弃去遇见它们的机会。前三十年不懂，以后要更加努力。”

那些美好的、温暖的、丑陋的、冰冷的……我们终将像大海一样，接纳这所有。

事情并不总是
朝着好的方向发展

文 / 树上的女爵

感觉什么都是乱糟糟的时候，负面情绪简直就像逢年过节的炮仗一样，一点就炸，搞得生活乌烟瘴气的。心底也在奋力地呐喊，stop！stop！这样下去可不行啊。最要命的是，情绪就像流行病菌一样会传染。最近，因为许多小事我动不动就失控地喊起来，孩子也像脱缰的烈马故意朝我不爽的方向跑，先生也是，被我卷进负面的交流模式中，他的一切回应都加重了我的情绪逆反。

这样下去，每个人都会得躁郁症吧。我虽不是源头，但有着不可推卸的导引责任，如果我忍住沉默不语，不发作，静等这段情绪洪流扫荡而过，平心静气地面对生活如实发生的一切，好的坏的都耐心接收，情况也许会是另一种模样。

这也许就是所谓的："生活大致平静，内心总有波澜。"生活太平静了，人有时会耐不住寂寞给自己搞点动静，潜意识就是这么不厚道，给湖心里投下一块石头，听见"咚"的响声，生命又开始换一个心理波频流动起来。就算自己一直保持良好的步调和心境，生活也不会那么轻易放过你，偶尔来场恶作剧，后果绝对惊悚到让你一身冷汗、两股战战。

不过，人的自我审视和治愈能力也是很强的，大多数时候，我们都会积极去扭转这种糟糕的状态，让内心趋于平静，让生活再度充满意义，毫无疑问这是常常要走的一条修炼之路。

这次情绪波动期的起始大概是因为上周五突然接到的一通电话。我在下班的路上，老妈来电话。我一听语气不似往常那么轻松，就怀疑是有事儿。说了些不痛不痒的预热的话，我妈终于进入正题，说同村的姐姐生病了，是乳腺癌。我大吃一惊，上次回家看她还好好的，而且她一向都是有说有笑很开朗的人，她还那么年轻。我自虐地想，不是像我这种爱生气的人才会容易出现乳腺问题吗？当然，这纯属情感层次上条件反射的心理判断，和客观上的事实定义无关。我想我妈大概是过于感慨人生的无常吧，不知道什么间隙人就会走到命悬一线的当口，而人其实多么脆弱，在病、老、死面前并没有多少资本和命运抗衡。

接着更让我吃惊的是，我妈说，我爸出车祸了。已经有一段日子了。当时并没有告诉我，现在人已无大碍，由我姐姐的事想到我爸爸的顽固和糊涂，半夜总也睡不着觉，才想到跟我说道说道。我一听就蒙了，为什么现在才告诉我，为什么又出车祸了呢？我爸那晚在一个哥哥家喝了酒，骑摩托车回去的路上跟一辆轿车相撞，出事后在医院躺了一个星期。妹妹妹夫们怕我妈着急，也是事后隔了一些日子才告诉她的。

接下来我就详细问了事情的经过，因为太着急声音比平常高了几个八度，车厢里周围的人都抗议地朝我看。真是又急又气，又悲又喜。不知道爸的身体是否真的没什么大碍，是不是怕我担心而诓我。说过他无数次，抽烟喝酒要控制，一把年纪了仍然不把健康当回事儿。真的是说过无数次了，最起码骑车的时候不要喝酒。摩托车真不是什么好东西，出事率极高，偏偏他说喜欢，全然不顾我们的反对。抽烟喝酒也是毫无节制，我妈一说起来就感慨，为什么会嫁了这样一个让人操心操不完的男人？这一次真是万幸了，和汽车头相撞没有太重的撞伤。可是，下一次呢，如果还有下一次呢？一想到这儿心脏就像来回拧着麻花，紧张得难以呼吸。

曾经，在我眼里那个高大坚强、仿佛能撑起一整个世界的男人，是我最引以为傲的父亲，他清瘦文气，饱学多闻，爱看书，爱莳弄花草，不圆滑，强悍，是我最初的精神导师。长大后，方才看清，他也不过是一个普通人，有那么多的缺点。如果他懂得把握机遇，依他的才学一定会有一个很像样的职业生涯。作为丈夫，他的大男子主义尤其让我暗中嗤之以鼻，我妈这辈子受了多少委屈啊，也就是我妈这么温柔好脾气的人才能忍受他。偏偏，我的脾性十分中有十分像极了他。我常常爱他又有些狠狠地恼他。

我曾问他为什么对烟酒那么上瘾，他以前从不会说的，但现在说了，年轻时累的时候，烟酒能解乏，喝到现在已经变成一种习惯。戒了反而不利于身体健康，这是什么鬼逻辑？

小时候有过很多次因为他醉酒带来的不愉快记忆。一度觉得男人抽烟喝酒挺正常的，多有男人味儿呀。后来，我在大学毕业最初的两年也曾尝试过抽烟、喝酒，和放纵、装酷无关，纯属为了探索一下，我与烟酒之间的关系是否愉悦、良性、可持续。最终我弃了它们，很干脆，我再也不愿沾它们，再也不愿在任何时候任何地方嗅到它们的味道。

以后每当我回老家时，我都会仔细解释给我那个顽固的爸爸听，为什么要和烟酒保持距离，为什么要从亲密的事物中学会自我控制。先生在遇事时也好抽烟喝酒，我都是最大力度地鄙视他，如果想从烟酒中借力和获得解脱，那真是懦弱极了。其他方式我都不发一言，比如喝茶，跑步，登山，玩物，只要你不亲近烟酒。

有时候，会有一种深深的无力感，你无法左右别人的命运，哪怕是亲近的人，你甚至连自己的命途都掌控不好。是否怀着乐观主义人就能顺风顺水，远离灾祸？不是的。是否凡事悲观宿命人就无法真正地获得内心的快乐安宁？也不是的，最终也要看机缘和福运。我相信人都是有忧患意识的，人也都尽力学着坚强勇敢。总希望，人多努力一点，多自省一分，就能活得更光明坦荡些，然后在任何急流险滩面前都能笑着等一叶扁舟。我爸爸这件突如其来的消息打破了我的幻梦，我终究还是陷入了某种哀伤和恐慌中。假如我能离他们近一些，时常照顾到他们；假如我能更成功、强大一些，有更多的财力和心气来支撑他们；假如我能回报他们一二，也许他们的晚年会过得更容易一些，更平安康健一些。我所求的，也不过是，有生之年他们能陪伴我久一些。

一个零件钝了，其他的零件也会跟着磨损、停滞、怠工，生活每一张面目都在叫嚣着说话，于是就出现了混乱无措的情绪。我把渴望的目光投向孩子，孩子以任性调皮来回应我。我把焦虑沉闷的心情分解给先生，先生以局外人的轻松和冷漠来回应我。其实我本身也是爸爸命运格局里的局外人，除了老调重弹的劝诫，当前我并不能实质性地为他做些什么。

顺其自然吗？不要。虽然我表面一向是没心没肺、云淡风轻的人，其实内里还是会很在意假如、结果、也许这些字眼，反复纠结寻找出路。凡事全凭运气，那运气未免也太稀薄了些，给自己设定一个理想的方向，朝着这个方向计划和挺进，是杀死那些坏情绪、带来安全感的重要方式。

照顾好自己，照顾好自己的小家，照顾好自己的家人，照顾好变幻无常的生活，尽人事，才能有资格去谈知天命吧？我想，我还是可以为他再做些别的事情的。以前我以为年少的我足够狂傲，根本不需要父母的任何介入，如今我想他们是需要我们的，需要我们在相同的牵绊中维系这种亲情的亲密和苦恼。

尽管你拼尽了全力，事情并不总是朝着好的方向发展，要有这种最起码的平常心。写下这篇文，我终于又有信心去做事了，做那些看起来琐碎、重复、无意义、无聊的一切小事，只要方向是有意义的，那么忍耐和磨炼都是值得的。在无意义中看到意义，在无力中把握微眇珍贵。

你有权利
不安和难过

文 / 小溪

和朋友吵架，你要求自己先去和好。被上司欺负，你还要求自己面带微笑。

你说你不坚强，软弱给谁看？

可是，你有没有发现？你的朋友都开始以为你大方宽容心地善良，却也因为这样，她们可以迟到爽约任性霸道，你却不可以有一点点不耐烦。这样才是你，被贴上好人标签的你，不会发脾气的你，人人说你好却人人都不在意的你。

你的上司没有因为你的好态度就赏识你，反而变本加厉，被压迫都能面带笑容，说明压力还不够，年轻人总该挑点重担，才能进步，所以别人偷懒翘班假公济私,你却不能出一点点差错。这样才是你,积极向上的你,勇往直前的你，工作做最多表扬得最少的你。

习惯了这样的你，在爱情上也是如此。全心全意地爱上一个人，只知道掏心掏肺地对他好。下雨了，不需要他来接送，生气了不需要他来哄。什么困难什么挫折什么小小难过，你都可以自己一个人扛。你以为这样的你聪明睿智独立优雅,不承想最后男人移情别恋,对你弃若敝屣。他说：永远不发脾气的女人就像白开水，解渴，却无味；你那么坚强，他在不在都一样。

即使是这样，你也不肯垮掉。你不向任何人诉苦，不大哭大闹，甚至不开口挽留。你潇洒地转身，华丽地走掉。直到一个人时才允许自己有些许的放松，可就算是一个人，你也鼓励自己，未来可以更好。

这个时候其实你需要朋友，但是在朋友眼中你一直是什么都懂什么都可以解决的人。你还没来得及说说自己受到的伤和痛，就先去为别人失恋、暗恋、错恋出主意想办法。朋友们都雨过天晴转哭为笑才想起来问问你怎么了，你却顿了顿，然后说什么事情都没有。

于是最后，你终于成为一个无所不能的女人，阳光、外向，充满正能量。但也是内心孤独的女人。

只是一部电影，你看了为什么沉默？

最边上那对情侣靠在一起，女人在流泪，男人忙着递上纸巾，多和谐的画面！第三排那两个女孩，一起哭一起笑，青春多好！你看看自己周围空着的座位，发现自己像一座孤岛。你试着挤挤眼泪，却发现哭也是一种习惯，因为太久不哭，想哭的时候竟然哭不出来。你是那场电影里唯一看上去无动于衷的人，或许你心里也有小小的悲哀，只是没人看得出来。

你走在马路上。

冬天的雪花像撕碎的情书，砸在人头上。所有人都行色匆匆，因为有一个方向叫作家。你为什么不着急？没人等待的家，就没有吸引力吗？

一个人也可以快乐，书上这样说。

可书里都是骗人的。一个人，寂寞吞噬掉快乐，怎么抢得过？

你在地铁上。

被人挤被人推被人揩油吃豆腐，你躲你闪你怒目而视，惹了一肚子气却无处发泄。你独自走夜路，一个人吃方便面，你舍不得杀死一只蚂蚁，因为它是你唯一的伙伴。

你和自己打赌，和自己比赛，和自己商量讨论，甚至吵架。你对着远处大声喊："什么都打不倒我！"然后在心里偷偷想如果这时候有个人肯发现你的逞强，愿意借你个肩膀，你是不是就此承认自己的懦弱？可你还是没有，你只是蒙上被子大睡一觉，然后第二天又斗志昂扬地出现在人前。

这样的日子一天天重复着。

一次次夜里一个人拥着已经冰冷的棉被被噩梦惊醒，一次次走在陌生的街道不知道行程，一次次想找一个人陪伴却打不出电话。

当坚强成为一种惯性，自己都不肯原谅自己偶尔的懦弱。

不经意间就学会了演戏。演一个淡定、喜怒不形于色的女人。

有多久没有撒过一次娇？有多久没有大骂一次？有多久没有放肆任性？在这样的节制里，一天天老去。

其实大可不必。

你不是女金刚，使命也不是拯救地球，所以嬉笑怒骂都是你，你，不必做仙女。

你有权利难过不安和哭泣，你可以示弱痛苦和无助。打不倒的是不倒翁，而你是女人。坚强不是刚硬，而是柔韧。

没必要和自己过不去。想哭就痛痛快快哭一次，想倾诉就痛痛快快说一次，想发泄就痛痛快快闹一次。

就算撕掉了精心维系了很久的面具也无所谓，一个高高在上、完美无瑕的女人并不可爱。

做一棵树固然枝繁叶茂，可若木秀于林，难免风必摧之，反而做一棵草，更有春风吹又生的耐力。

记得：如果坚强累了，你有权利不安和难过。

然后，我就一个人了

文 / 何以夕

这个周末又是一个人，看了三部电影，两本书。冷冷清清，凄凄惨惨戚戚，怎一个惨字了得。

本来周五晚上，在微信上撩一同城朋友，问她周末约不约。她回："我已经有约了。"

我苦笑："好吧，我一个人玩。"

她补刀："感觉你都没有什么朋友，一个人不无聊吗？"

我盯着这句话看了很久，最后只能给她一个哭的表情。

我的性格算是外向，所有人都觉得我过得很好，不愁钱花，爱喝酒也爱大声笑，多的是朋友，看书看电影偶尔写点小文章，跑步健身经常占领运动排行榜。可是只有自己知道，下了班回到家，空荡荡的一个人，一个说话的都没有，也没有朋友，没有聚会，没有电话响，只有手机和电脑，我不说话，房间里就一点声音也没有。这种感觉，还是有点寂寞。

其实也不是没有朋友，只是不愿意因为小事而去打扰。

朋友 A，跟我住同一条街上，我们两家只有十分钟的步行距离。她跟我一样是个文艺青年，以前我们经常一起聊音乐聊电影，周末一起爬山，偶尔一起吃个饭。后来，她交了男朋友，虽然我们还是会联系，但频率越来越低，到现在，我已经没办法仅仅是因为寂寞而给她打电话了。

朋友 B，是比我小一届的同城师妹，从她家到我家步行距离三千五百步。一个人住的这些年，我特别依赖她。我跟她男朋友关系也很好，所以不会有当电灯泡的尴尬。他们两个知道我几乎所有的秘密，也见过我最多的负面情绪。每过一段时间，我就要去骚扰一下他们，把这一段时间心里所有的不痛快倾诉一遍，然后元气满满地开始新的生活。只是后来，他们结婚了，有了自己的工作和生活，每次我撩他们的时候，他们的回答都是有约，或者没时间。

朋友 C，其实是不二的大学同学，同城，从他家到我家的距离略远，步行的话大概需要一个小时。以前不二在的时候，我们四个经常一起玩。我和不二的第一次旅行，就是我们四人组成的团队。不二不在的时候，当初我搬家，还麻烦人家很多次。他们也经常约我出去玩，可我总是觉得不应该老是掺和别人的二人世界，况且他们现在已经成了准爸爸妈妈，我哪敢再有一点小事就去打扰。

朋友 D，朋友 E，朋友 F，朋友 G……不管以前有多肆无忌惮，现在总归是一个不再联系的结果。

一生的朋友，丢了多少个？原来有些你自以为很重要的人，你不联系他，他就真的永远不会联系你了。我总是安慰自己说，心里有就好了。可是感情总是太脆弱，一段时间不联系就会冷淡。人心都是相对的，以真换真，感情都是相互的，用心暖心。只是一起走过一段路而已，何必把怀念弄得比经过还长？

去年看了山本文绪的《然后，我就一个人了》，那是一个三十二岁、离了婚的女作家独自生活的日常。跟我目前的状况很相似，她说："极致的幸福，存在于孤独的深海。"我一直试图理解这句话的含意，试图像她一样享受与孤独抗击的状态，所以，即使一个人，也总是保持着骄傲。为单身而骄傲，为自己没有被空虚和孤独笼罩而骄傲，为自己保持自由，不依靠男人依然生活得丰富满足而骄傲。

我常在朋友圈发状态，说一个人欢天喜地去咖啡馆看书，端坐在情侣中间看电影，一个人吃热气腾腾的火锅，一个人出门旅行……一个人也能取悦自己，活得更有趣，更有价值。这些状态总能骗得了别人，不知道能不能骗得过自己。

那天在微博上看到一张国际孤独等级表：

第一级：一个人去逛超市；

第二级：一个人去餐厅吃饭；

第三级：一个人去咖啡厅；

第四级：一个人去看电影；

第五级：一个人去吃火锅；

第六级：一个人去KTV；

第七级：一个人去看海；

第八级：一个人去游乐园；

第九级：一个人搬家；

第十级：一个人去做手术。

看完我表示 so easy，除了第十个，其他九个我都经历过。我还一个人装修房子，一个人住，也经常一个人去医院，说不定以后生孩子的时候都是一个人。

经常在网上看到“一个人怎样过得更好”这样的帖子，点进去看，鸡汤味十足，一看作者压根就没有经历过长时间的独处。

排遣独处的寂寞，不是靠养几盆花、几只宠物就能做到，而是要靠心理上足够的强大。内心强大的人可以一个人充实地活着，骄傲地和生活较量，一个人吃饭旅行，一个人换灯泡修下水道，一个人读书写作看话剧，一个人度过漫漫长夜，走空旷长街，孤独从来不会把他们打倒，甚至说，他们很难感觉到孤独，他们只会默默地做更好的自己。

我已经三十岁了，一个人生活了四五年，不知道还要一个人过多久。

身边的朋友都在，或许可以偶尔扎堆取暖驱寒，但又太骄傲，不肯把这孤独让人看了去，友人释出的善意当然温暖，但也不便流连。每个人都有自己的生活，最后陪伴自己的只能是自己。

一直觉得我的孤独太可耻，像一件压在箱底多年的旧衣服，土气还散发着霉味。我也想要那种“独自徘徊，寂寥又悠长”的“雨巷”式的孤独。那种孤独是一种低调的猖狂，一种灵魂的享受。那样的孤独，深藏着许多传说，神秘而有质感。就像山本文绪说的，那才是极致的幸福。

孤单并不可耻，你并不是被世界剩下的，而是你选择将世界剩在你身后。从明天开始，我要活出我自己的“然后，我就一个人了”。

一个人，想想也没那么可怕。

这封信，我写给自己

文 / 那渣渣

亲爱的自己：

我一直不太明白你，不太懂你。有人说，人这一辈子，最大的敌人便是自己。但是，我从没有把你当作我的敌人来看。有人说，人这一辈子，最读不懂的便是自己。我曾经以为我很懂你，但是，当我面临选择的时候，我想问问你，我才发现，你走在我的路上，早已沉默寡言。

其实我知道我已经有太久没有注意过你的感受了。我想，我是患上了不关心自己综合征，要不然，为什么这么长时间我都不曾询问你的感受，我做过的决定都是仿照别人的决定，却怎么也不愿意问问你。我肯定是不够关心你，要不然为什么我老趴在网上不下来，我知道你累了。那些你喜欢过的事情，我常常不去做，那些你不喜欢的事情，我常常去做。我曾以为我们亲密无间，你的意见就是我的意见，直到现在，你如同一个陌生人一样在我面前。

我亲爱的自己，我已经认不出你的样子了。

我怀念那时候两小无猜的我们，我便是你，你便是我。那是一段天真的岁月啊，我是我自己的岁月。那时候的我想要的，便是你想要的，我讨厌的，便是你讨厌的。我从来都不会转身像个大人一样的来驳斥你，让你像个无助的小孩子蜷缩在我的灵魂中。

那时候的我懂得节约钱的重要，你也懂得。那时候的我可以真心实意地表达自己内心的嫉妒，为了不让你发疯，我很认真地发泄对世界的不满。那时候的我是懂你的，你也从不避讳我。你开心的时候，我便笑着，你难过的时候，我便哭着。

我不知道这样的情况持续了多久，有没有过完初中，有没有过完小学？无情的岁月摧毁了我娇嫩的童年，从我身上带走了对你的关怀。

我不知道我从什么时候开始讨厌你的。每一次照镜子，我都在心里诅咒，你为什么不去死。每一次遇到生命中的难堪，生活中的艰辛，我对你的讨厌便增添一分。那些艰难的时光里，我对你的讨厌影响到我讨厌我的生命。我身体上的每一个微小变化，心里的每一个渴望，都能让我彻底地绝望。

我亲爱的你，是不是从那个时候开始，便胆战心惊地蜷缩在我内心，心惊肉跳地看着疯子一样的我过着行尸走肉般的生活。我现在已经想不起来那时候的生活了，我过去的二十多年里，我有很多年都是没有你的。那些日子已经被我遗忘了，唯一能想起的是自己的面目狰狞，还有你瑟瑟发抖的身影。

我们的关系竟然能变成这样，我很心痛。我知道后来，我认可你了。我接受了你，接受了自己。再一次面对你的时候，我蓦然发现，你就是我，我就是你，我就是这样的自己啊。从那一刻开始，我决定要接受自己。但是，我依然没有意识到你已经有了你的想法，并且不屑于表达自己。

在我后来的生命中，我从没关注过你的需求。你愤怒，我还是要装作开开心心的样子；你开心，我还是要装作悲痛万分的样子；你讨厌的那些人，我压着性子跟他们周旋；你喜欢的那个姑娘，我忍着痛让她走开了。我以为我走向社会化，成了一个完整的成年人。现在看起来，我只是从你身边走开了，走得离自己越来越远。

有时候，我以为内心滴着血做了某些错事，可是，我听到了来自你内心的欢呼。有时候，我以为我获得巨大的成功，可是，我听到了你轻声的叹息。我把你压到心底，比那些新娘子把情人的信封压到心底还要彻底，我以为我的就是你的。可是，我有了我的，却从来不给你想要的。

终于，你也退却了。现在回想起来，你也曾在那些我苦闷的日子里，想过跳出来告诉我，你想要什么。或许，你是因为担心我，或许，我每次都强按着你不让你出现，总之，你没有成功。于是，你选择退却，你的心里也一定觉得苍凉吧,绝望吧。你看着我走得越来越远,离你越来越远。

我觉得你一定是默默地叹了口气。后来，你被我的暴戾所伤。你看着我从内而外不由控制地暴躁，你内心是不是也和我一样充满了惶恐。我曾经觉得如果我不好好地化解这些暴躁，我一定会走火入魔的，而我无论如何也无法控制这些戾气，它们不知道从什么地方长出来，好像已经占据了我的每一个细胞，连你也被它们所伤。

我知道你渴望着我的回头，回头看看自己。我天天忙碌于白日做梦，梦想着那些灯红酒绿和高楼大厦。我知道你其实讨厌这些,可是,我狠了心，装作忽视你的感受，依然闷着头往那些地方冲。有时候，我觉得我是成功的，我仿佛看到了来自那美丽的物质世界的召唤。后来，我坐在高楼大厦里的时候，也终于觉得委屈，像个孩子一样，无助极了。

当我重新回过头去，考虑你的感受的时候，我发现，我和你的关系比陌生人还要陌生。这么多年，我从没回头看过你一眼。我觉得你在背后支持着我，现在我发现，当我往前冲的时候，你大概是心里滴着血，替我做完那些你并不愿意做的活儿。

我把我的痛苦强加于你，你无处反驳，便只好深藏，到最后，内伤外伤，遍体鳞伤。

很抱歉，亲爱的自己。以后的日子还长，我多希望你不要在我的生命中瑟瑟发抖，而是坚强起来，做个简单的人，能拉一把迷途中的我。我和你一样，不希望那样绝望，也不希望那样惶恐。我多么渴望重新认识你，认识现在的自己，能成为和自己无话不说的好朋友啊。

你这么爱笑，心里一定有很多委屈吧

文 / 猪小闹

有一种姑娘，

她有多辛苦，从不让别人知道。

公司新来了一位同事，大家称呼她为小薇。

小薇跟歌曲《小薇》里的小薇大不相同，她没有一双温柔的眼睛，也没有美丽的面孔。她圆圆脸，微胖，眼睛不大还有些肿眼泡，样貌平常，放进人堆里就会找不着的那种。

但小薇有一个特点，就是爱笑。无论任何时候见到她，都可以看见她在呵呵地笑，她上班的时候如此，下班的时候也如此，任何时候见到她都如此，大家都觉得这姑娘性格真好。

她工作能力一般，性子较慢，不论谁催她什么，或者说她什么，她都呵呵笑着，从来没看见她恼怒生气过。

有时候我也觉得，小薇这姑娘性格真的太好了，她刚出社会工作不久，都能修炼成这样，真的让人很佩服。

小薇来我们公司没多久，虽然样貌一般，但因为她爱笑的性格，仿佛让她有了几分好人缘。我经常听见有几位平常跟她玩得很好的同事，这样亲亲热热地叫她："小薇啊，帮我送一份报表到销售部 ××× 那里好吗？我没有时间送呢。"

"小薇亲爱的，帮我们把水放上饮水机，你看我们都没有力气，放不上去。"

小薇初来乍到，在这种时候，总是被同事们指挥得团团转，但她的脸上一直都是挂着呵呵的笑，笑得微肿眼泡的眼睛都眯成一条缝。

时日久了，我有些看不过眼，有时候会打断她们指使小薇的行为："为什么要小薇去？自己的事儿自己做。"

小薇笑着跟我说，没关系的，我想多做一些事情，也多学习一些东西。

我无话可说，周瑜打黄盖，一个愿打，一个愿挨，我明显是做坏人了。

这一天，我交报告到部门经理处。因为这个报告是我自己体验的成果，还需要一些口头上的交流，我便要去经理办公室面谈。

刚走到门口，便听到里面经理呵斥人的声音，吓得我一个激灵，把已经举起敲门的手停了下来。

虽然隔着门，里面经理咆哮的声音却清晰无比地传了出来："你到底是干什么吃的？来了这么久，却连这么简单的工作都做不好！"

又听得里面一个哭哭啼啼娇声娇气的声音传出来："经理，这不是我做的。是小薇说她能做，于是便给她做了，谁知道她把金额做错了。"

听到小薇的名字，我的心顿时沉了下来。一听里面那个声音，我就已经明白是怎么回事。里面的那位叫娜娜，是一位工作好几年了的老员工，可这位娜娜平日里是最能偷奸耍滑的主儿，仗着生得美貌，又能说会道，在办公室混了多年。她平时表现得跟小薇关系最好，支使小薇忙得团团转的大多时间的人就是她。

只听到经理大喝一声："你把她给我叫来。"

那娜娜应了一声，出得门来，一阵风似的叫来了小薇。

因为有那场事故发生，我只好暂时还待在门外，等她们把事情解决。

小薇来了，明显看得出她有不安局促，只是还堆着一脸的笑，笑得十分不自然。

她一进门，没听得她解释的声音，我便听得经理一阵狂风暴雨劈头盖脸的训，女经理的暴脾气我是知道的，那是能打能拼的孙二娘，最是嫌弃愚笨的人。

后面似乎也有小薇轻声说了句什么，但瞬间被经理的呵斥声盖过了。经理的呵斥足足有两分钟，才听得她总结似的大声说："罚款五百元，出去，下次再这样，就准备卷铺盖滚蛋吧。"

门打开，小薇出来了。我本以为她也会跟娜娜一样，定是满脸泪痕。可意外的是，她的脸上依然堆着一脸笑，那笑容看着让人心酸无比。

人就是这样在一个又一个的挫折中成长。

自那以后，小薇依然每天对同事笑脸相迎，却再也没有帮任何人做过不该她做的事情。

可我每次看到小薇堆满笑容的脸，我的心就一阵阵的悲凉。这样的笑脸背后，是藏了多少委屈在里面？

我宁愿她跟那位我并不喜欢的娜娜一样，该哭的时候哭，该生气的时候生气，该撒娇的时候撒娇，而不是现在这样，任何时候，任何场景，都保持着笑容。

之后，我和小薇慢慢熟悉起来。我时常向她抱怨生活中的各种不愉快，她会很安静地倾听，提出一些她的看法。偶尔，也会讲一讲她的家人。

渐渐地，我了解了小薇的家庭。

这是位穷人家的姑娘。她生长在一个大山里的贫困家庭，父母亲都老实木讷，还有一个年幼刚上初中的弟弟。她好不容易上的三本大学毕业，父母弟弟都指望着她工作能安稳，挣些钱补贴家用和弟弟的学费。

这样的她，在她父母那里从小便耳濡目染“伸手不打笑脸人”，形成了笑对任何事的习惯，无论受了多少欺负多少委屈，这种笑容仿佛都成了她的标志，她自己仿佛也在这样的笑容中变得越来越坚强。

有时，她会向我讲述小时候和家人一起下地干活的事情。明明吃过很多苦，可她的叙述平和安详，我甚至能想象到绿油油的田地，大人和孩子在地里嬉戏的场景，从她的表情中，看不出任何艰辛。

有几次我听见她在茶水间给家里打电话，声音偶尔哽咽，却都是报喜不报忧。她受到的委屈与不快，甚至也不会向我提起。

可我看见她有时早上来时肿得像核桃一样的眼睛，我就知道，她前一天晚上一定哭过。

后来，我见过很多爱笑的女孩。

她们在该生气的时候笑，在想哭的时候笑，在心酸的时候还是笑，在委屈的时候也在笑。

她们会在生活困苦劳累时笑着给父母打电话说，我很好，你们放心。她们会在被男朋友放了鸽子时笑着说，没关系，你有工作就去忙，别过来了。她们会在工作上受了委屈时笑着对领导说，对不起，我的错，我重新去做。

然后，一个人时，抱着满腹委屈默默地流泪。

一个见过小薇的朋友问过我，她这么爱笑，一定很坚强吧。

其实才不是。

她会把所有委屈难过咽进肚里，她会笑着扛下所有苦难，她会更加认真地对待今后所有工作。

可是她有多辛苦，从不让别人知道。

她才不坚强。

她也会在挂掉电话后哭泣，她也会一个人吃饭时哽咽。

她只是把自己伪装起来，不让人看到自己的软弱，也不想让身边人担心。

她是心里藏了最多委屈的人，也是最懂得体谅别人的。

我们给爱笑的人贴了无数励志坚强的标签。

她这么和善，一定会愿意帮我的吧。她这么善良，一定会原谅我的过错吧。她这么坚强，我话说重一点应该没有关系吧……

却很少会在意她们笑容背后的辛酸。

其实，越是爱笑的人，才越值得人心疼。

或许，你就是这样的人吧。

如果你的身边有很爱笑的姑娘，请好好爱护她。

她会把所有委屈难过咽进肚里，她会笑着扛下所有苦难，她会更加认真地对待今后所有工作。

可是她有多辛苦，从不让别人知道。

PART 6

冷暖自知的人生，无须别人插嘴

暗恋，
正在渐渐消失的词语

文 / 小溪

有的时候，爱是真的可以只是一个人的事情的。

无关是否勇敢，无关是否遗憾。

朋友中做老师的居多，聚会中偶尔也会八卦几句学生的事情。前几日一个在中学当老师的姐姐说起班上一对学生，才入学没多久，就在军训时擦出火花，牵手成功，现在是班上的情侣典范，简直比非诚勿扰还有速度。其他几位也连声附和，这样的事情现在并不少见，甚至小学里都有手牵手的小朋友，网上也有人笑谈如今已经是 00 后的天下了。

前几日，正在读五年级的一个世侄女因为一向与我合得来，偷偷告诉我一个秘密，说收到班上男生的情书。我逗她："那男生帅不帅，你怎么回复人家的？"没想到小女孩严肃地说："阿姨，又不是第一次收这个。再说光帅是没用的，不是我喜欢的类型。”我一下子无语了。

大概现在的孩子真的是速成的一代吧，他们吃着快餐速食面长大，出门就有出租车或者私家车，旅行时有火车飞机，找朋友有手机网络，他们享受了太多“快”带来的好处。然后连爱情也跟着超速来到了。

突然想起来我的初中年代，那个时候曾经明晃晃地暗恋过一个男生足足三年。每天早上偷偷在窗边等着，直到看到他的身影才匆匆跑出家门，跟在他身后上学。每天下午坐在操场边上看书，其实是为了偷看他打篮球的样子。每天把所有的关于他的事情写在一个小本子上，然后枕着入眠。就这样整整三年，一次都没有表白过，虽然所有人都知道。当然最后我们也没有在一起。可直到这么多年以后，我却越来越觉得那个时候那种暗恋的时光真的很美好，甚至比起长大后偶尔的几次鸡肋恋爱更让我难忘。

我也把这段故事讲给那个世侄女，结果她用很不理解的口气说：“喜欢，为什么不说？喜欢就该在一起啊。我们同学都不会暗恋的，喜欢就表白，行就在一起，不行就分开呗。谁还能和谁一辈子？”我再一次无语了。

我没有说这不是该恋爱的年纪，我也没有说当时我没有勇气。我只是真的觉得我喜欢那种暗恋的感觉。暗暗地关注一个人，悄悄地思念一个人，因为距离那个人变得更加完美，因为不曾在一起，不必承受分开的痛苦。不是所有你喜欢的人都一定要在一起，不是每一次动心都要争取。我总觉得人一辈子精力有限，拼尽全力的爱只能有一次，所以我想在最合适的时间里去爱一个我最想爱的人。而之前遇到的这些人，就像我小时候看到的商店橱窗里的漂亮娃娃，难道喜欢的就都要搬回家吗？就让它在橱窗里永远光鲜亮丽不是更好吗？可是显然现在的孩子不懂这些。

我承认现在的孩子们更加勇敢，更加懂得争取。我也不像我的父辈们在我这个年纪时那样视早恋为洪水猛兽。我只是觉得花开得太早了，花期会更短暂。我只是怕爱得太早了，失望也来得更早。

以前看过的书上说，每个人一辈子可以遇到七万个符合你喜欢的条件的人，既然这样，为什么要急着在生命的最初就把激情耗尽呢？或许我不够年轻，但我总觉得这个世界最美的爱情永远是“愿得一人心，白首不相离”。从最初的相遇开始，有暗恋中进进退退的曲折，如果能够最终两情相悦，成就一段爱情，这不才是爱情的完整剧情吗？难道是时代真的飞速发展了，所以前面的兜兜转转的部分直接“咔”掉了？

我还是不懂，也开始担心，是不是有一天“暗恋”这个词会从词汇里消失？或许将来有一天爱情就像超市里面的“速食汤”，伸手即到，方便快捷，只是到那个时候，会不会也少了熬煮的乐趣和味道呢？

非此不可姑娘，在吗

文 / 阿泽

不知道现在是否还有人会说“非卿不娶”“非君不嫁”。

前天跟 H 在一家咖啡馆里聊天。前阶段，我们的谈话还多少跟艺术沾点边。不料，H 话锋一转，谈起了相亲。我心想，转得真是深得我意，我关于艺术知识的储备即将处于亏空，眼看这就快装不下去了。

国庆回老家相亲去，H 说。

相亲对象是你昨天发的那张吗？我有些好奇。

H 昨天在群里发了一女孩的照片，说是回老家同行的友人，想骗我们几个跟他一起回老家。H 原以为一亮出美女的照片，我们便会失去理智，显然把我们都看扁了。不过说老实话，那女孩还挺漂亮的。

H 听我夸他的未来可能女友漂亮，顿时兴奋起来："那当然啦，不然我会千里迢迢回老家？"

"前阵子，我妈本来也打算让我去相亲来着。"我说。

"去了吗？"

"没去成。中间被其他人捷足先登了。她现在先跟老家的一个男孩相亲，如果成了，就没我什么事了。"我说。

想起前一天我妈把这个消息告诉我的时候，我还强装镇定，一副没了就没了的无所谓加大无畏表情。心里早已翻江倒海，捂着那颗自尊心暗自神伤了好一会儿。

"你以为啊，现在媒婆手里会先同时攒着好几个资源，然后把这些资源按条件优劣排先后顺序，好的先，差的留在后面。"H 说。

我感觉到 H 的话里有刺。我下意识地又一次捂了捂我的自尊心。他的意思我懂，就是说，就算你认真排队了，也会有一个纠察员走到你面前，跟你说，不好意思，先生，人帅插队无所谓，你矬请排后面。

我妈之前还专门拿我跟那个女孩的生辰八字去找算命先生算了一卦，算命先生把我们俩的卦象夸到天上地下绝无仅有。当然，由于我没在场，算命先生的话都是我妈在传。我妈传话有个特点，好的会添油加醋地赞扬，坏的会变本加厉地诋毁。

我理解当妈的良苦用心。从理性跟感性的角度评判自己的儿子，往往得出两种完全不同的结论，但毕竟是亲儿子，所以得先自我催眠，告诉自己，自己的儿子足够好，配得上天底下所有的女孩。现实有多残酷，当妈的其实都知道，只是不明说。

想起来，奶奶回老家的前一天晚上，我们躺在同一张床上。还是我听，她说。其间，她反复提起一件事，要是外面有交往的女孩了，先让她把生辰八字报给你，然后让你妈把你们俩的合起来叫算命先生算算。在末尾，奶奶不忘添加上一句：自古以来，我们的习俗就是这样的。我躺在她旁边，嗯嗯地附和着。我没敢把我的疑问说给奶奶：万一不合呢？

奶奶最疼我，万一我执意非那个女孩不可，她定会从我。若是我妈，我无法判断奶奶跟我妈谁更疼我，她们各有各的疼爱方式，因而无法比较。我妈的疼爱会让她放不下，所以，她大概不会从我。她宁可你生闷气，也不愿你因一个女孩导致以后的诸事不顺。虽然就因为算命先生的一句话，而显然算命先生还不用为他的这一句负任何责任，便能让我妈如此信服，其中看不出半点科学痕迹，但她自有她科学的解释。她所认知的科学，来自经验。

她常常会提及这样的例子：你大姨的儿子，之前不知相了多少次亲，算命先生一算不合适，他立马就断了，自从他娶了现在的老婆，不知有多旺，他现在多有钱你也知道啦。你再看看你表姐，当初跟了你表姐夫，就因为事先没去算，如今克得你表姐满身都是病。

算命的合理性在于人宁可信其有，不可信其无的心理。只要有一次算成功了，另外几万次的失败都可以忽略，人只会记住成功的那一次，于是，靠着人的嘴跟耳朵，成功的消息便会如病毒般扩散开去，而算命便登堂入室地有了合乎情理的位置。

设想以后，我有幸有了一个特别特别喜欢乃至在某一瞬间，认定此生非爱她不可，不让我爱她，我便会失去爱的能力的女孩，而恰恰，她的生辰八字与我的相冲，正好这个消息又被我妈知道，她极力地劝说与阻挠，告诉我未来与这个女孩相处会发生的各种不幸。就算她把算命先生的话说得如何的信誓旦旦，我大概一句都不会听进去。

但我仍会像我大姨的儿子一样，选择了断这段情，不是因为他了断后变得有钱这个事实让我觉得这个选择值得，而是，我不太相信真有非此不可的爱情，就算有，也只是某一段时间成立，非此不可最终都会被时间打磨成可有可无的。相反，因选择这段情而跟家里至亲的人造成的隔阂却是即时可见的，再好的爱情遇到隔阂都难免变质扭曲。

套用我妈的一句话，世上那么多女孩，为什么偏偏非得是那一个呢。这话极不浪漫，要是一男的说出来，说明此男极不靠谱，极品渣滓。所以，我选择不说，只是附和她。

把坏掉的爱情扔进垃圾桶

文 / 小溪

爱一个人没有错，爱上一个错误的人也不必自责。

在你的生命中有没有那样一个人，你说不清楚为什么要爱他，可是你知道你没办法不爱他。因为他，你抛弃了自尊，忘记了自我，甘心把自己放低。为了他你可以战胜思念，打败寂寞，赶走欲望，坚持信任，平衡关系，你在短短的时间里成为最勇敢也最脆弱的人，最执着也最犹豫的人，最宽容也最小气的人。因为他，你变得越来越不像自己，可最后，你发现，你还是爱错了人。这个他，先放开了你的手。

会在心里不甘吧，或者干脆问个清楚。为什么？为什么离开我，是我不够好还是对你不够好？那个人会有怎样的回答？曾经称赞过你的懂事变成冷漠，曾经最喜欢你的依赖变成任性，他不爱你的理由是你不再是原来的你，却完全忽略那原因不过是你爱得太用力。或许他还有慈悲，说：

“不是你的错，是我不够好，你值得更好的。”或许还会说：“我们没有缘分，忘了我吧。”这暂时的安慰也不过是虚伪。缘分最后，也不过是用来说明“不爱了”这件事情。最终你还是成了他可以不回头的最熟悉的陌生人。

如果全心全意去爱，只换来一句结束；如果奋不顾身去爱，只换来一种伤害，你，应该如何面对？

年少轻狂时都爱和自己较劲，拼尽全力也要去喜欢一个也许不值得的人。在这样一场势不均力不敌的爱情里，体无完肤也不会心疼自己。直到听到那些让人痛彻心扉的话，看到那个先转身而去毫不留恋的背影，才会挣扎着从梦中醒来。

其实不爱就不爱了，没什么了不起。只是不懂，为什么有些人那样迷恋在爱情里来去自如，挥挥手就可以放开一个人的一生。这个人不曾让你心疼彻夜苦等吗？不曾给你温暖许你快乐吗？即使没办法再继续牵手，为什么不能给曾经爱过的人一点祝福？人生本来苦短，何必把时间用在恨别人和被人恨之中。

对，没有谁规定必须喜欢那个喜欢你的人。可是，也没有谁规定一定要伤害那个喜欢你的人，不是吗？

前几天，一个妹妹哭着对我说，看到才分手几天的男友拉着一个女孩亲密地走在街上，她却慌乱地躲开，好像那个错的人是她。妹妹说：“怎么会这样？他说过他只爱我一个，他说过的。”可是妹妹，他说过又怎样？有些话说在当时而已，但如果真的连说话的人都已经转身，那他的话还需要再去相信吗？

爱一个人没有错，爱上一个错误的人也不必自责。每个人都如同一颗裹着糖衣的夹心巧克力，没有人能猜测另一个人的味道，所以就算偶尔吃到的不是甜蜜而是辛辣，也无非是为我们的生命添了新鲜的感受罢了。我们学着快乐，就得学着痛苦，学着获得，就得学着失去。有些必经的过程虽然会让你哭泣，却也教你成长。不是有人说过：也许生命必须有裂缝，阳光才能照得进来。就当那些失败的恋爱是生命这部电影里一场被咔掉的戏吧，NG 之后，换个情绪，再来！主角不对，换个主角，再来！错误的情节只是高潮剧情的铺垫。人需要在错误的爱情里，逐渐圆润，逐渐找到最好的自我。

一辈子只爱一个人是幸运的人，一辈子爱了很多人，最终找到最适合自己的那个，才是幸福的人。“君当作磐石，妾当作蒲苇，蒲苇韧如丝，磐石无转移”，有这样的誓言固然欣喜，但如果那磐石也消失了踪影，难道蒲苇就不能继续“春风吹又生”吗？

有些爱情其实就是吃苹果时遇到了一条虫，放弃苹果确实有些可惜，甚至可能不舍，但还是应该庆幸，我们不是吃到肚子里，才让那条虫为所欲为。坏掉了的爱情，扔进垃圾桶吧！总有一天你会发现，有些人，你为他流一滴眼泪，都不值得。

喜欢？
那就去追啊

文 / 牧毵

有太多人将自己束缚在厚厚的躯壳里，喜欢不敢追，爱了不敢接受，缺乏勇气，也懒于行动。

不记得有多久没听过“我对你一见钟情”这样的话了。最后听到这句话还是在几年前，去深圳大学图书馆借书。我从深大北门进去，刚进校门不远，有位男生骑着一辆电动摩托，走在我后面。那时候，深大的学生骑电动摩托是一道亮丽的风景线。

“同学，你去哪里？”

我听到一位男生这么说。我环顾四周，路上好像只有我一个人，我确定他是在和我说话。我看向他，他将摩托停在我旁边。

我还是有点疑惑，小心地问了一句："你是在和我说话吗？"

"是啊。你去哪里，我送你吧。"

我知道，他在和我搭讪。他说这句话的时候，镇定自如，语气里还有一种自信的谦和。我一时不知道如何接话，手足无措站在那里，只是笑起来，摇了摇头。相比较他来，我没那么淡定，显然很紧张，整个气场显得局促了很多。

他见我不说话，看我要走的样子，又说了一句："上车啊，我送你。"

面对热情的人，我终究无招可接，无力招架。除了傻笑，没有其他应对的策略。

最后还是生硬地挤出一句："不用了，谢谢。"

我不太懂得照顾别人的情绪和感受，说完这句话就直接往前走。我知道，这么做非常没有人情味，也显得自恃清高了些。其实，直至今日，仍然有人评说我"那女子太清冷了""你对谁都那么冷淡"。

呵呵，我真的对谁都冷淡吗？

我以为说完这句，男生就会骑着电动摩托车扬尘而去了。没想到，他没有放弃，还是很坚持。骑着摩托溜上来，陪我走了一小段。

他在旁边说："同学，你到底去哪里？我送你一段，没关系的。"

我看他语气很真诚，并无恶意。其实，我暗地里也偷瞄了他好几眼，他还是挺讨人喜欢的，主要因为颜值过关吧。

我答了一句："北图书馆。"

他立马说："好巧，我也去北馆。顺路，我载你一段。上车吧。"

我还是很坚持地说："不用了。谢谢。我喜欢散步。"

没想到他说："那我陪你走一段吧。"

当时我真的差点吐血。不过，还是礼貌性地对他笑了笑，没再说话。走了一会儿，他问我是哪个学院的。

他一脸真挚地期待着我的回答，我转念一想，也没必要一副拒人千里之外的样子。于是，对他的态度稍微缓和了一些，告诉他，文学院。随口问了一句："你呢？"

他高兴地说："建筑学研究生。"

我"哦"了一声，没再出声。他又问我："你大几呢？"

当时，我已经毕业几年了，看起来也不像十八九岁的学生模样了，他难道看不出来？

我笑了笑说："我毕业好几年了。"

他听后，也笑着说："我今年也毕业了。"

到了岔路口，一条是去北图书馆的，一条是往学生宿舍区的。我停下来，对他说："谢谢你。你不用送我了。我想一个人走。"

他听我这么说，显然有点失落，不过还是把他的电话留给我了，并和我说："刚进校门口，看着你长发及腰，瘦瘦的背影，慵懒地走在路上，真的动心了，原来一见钟情是这样子的感觉。不管怎么样，我会等你联系我。"

然后他骑着电动摩托向宿舍区而去。我将那张纸条握在手心，好像触摸到了一种青春的力量。

我知道他与我不同路，不是一个方向，还是早点分开吧。

这已经是前几年的事情了。其实，他和我年龄差不多大的，我也不知道为什么要拒绝。后来我与朋友聊起这件事情，他非常不理解我的做法。从校友开始，做朋友也可以的。为什么不给对方一个机会呢？

遇见一个敢于追求的人是多么的难，你残忍地扼杀了人家的勇气和执着。这样的男生，你打着灯笼也遇不到了。

当时，我并不在意朋友说什么，回了一句，未必吧。

后来的几年里，果然没有再遇见“建筑学研究生”那么有勇气的男生了。虽然不断有男生喜欢我，但他们的表现都不尽如人意。嘴里说着喜欢，行动却没证明喜欢。去约会，还不如一个人待着有意思。

只是没想到，在今日，又遇当年“一见钟情”的意外。

我去琉璃厂西街参加荣宝斋画院名家师生联展。活动结束之后，我走出文泰楼美术馆。走了一段很长的路，隐约觉得有人跟在我后面。我转过身，发现身后的一位男子笑着看向我。他看起来有点面熟，像是在画展上见过的人。

他走过来和我打招呼，问我要微信号。因为做书画行业，我本能地认为，在画展上认识的人想加我，大概认为有合作的可能。我便将微信号给他了，问他是什么单位的。

他说：“画家。”

我说：“好。以后有机会合作。”

他说：“我加你，不是要谈事的，我是来谈终身大事的。”

当时，在不远处的全聚德总店还有一个重要饭局等着我去，就没再和他聊下去，加完微信，匆忙离开了。我到达饭店看手机，看到他给我发来微信消息：

你进美术馆的那一刻，我一眼就看上你了。我对你一见钟情。

好几年没有再听见这样直白而令人心跳的话，不再是小年轻的我，如今听来还是会脸红。我突然想起《情人》里那段著名的话：

我已经老了，有一天，在一处公共场所的大厅里，有一个男人向我走来。他主动介绍自己，他对我说："我认识你，永远记得你。那时候，你还很年轻，人人都说你美，现在，我是特地来告诉你，对我来说，我觉得现在你比年轻的时候更美，那时你是年轻女人，与你那时的面貌相比，我更爱你现在备受摧残的面容。"

我不是一个没有人爱的姑娘，也不是没有人喜欢，从我身边经过的人，来来去去，有那么多，却没有一个像他这样，喜欢就表达，敢于追求，有血性。

虽然，他不是我喜欢的类型，也没有令我心动。但我喜欢他的喜欢方式，对于追求喜欢的人，毫不退让，也毫不犹豫。事实证明，如若真喜欢一个人，必定会采取行动，也会想尽办法认识你，接近你，想和你说话。

很简单，喜欢，就追啊。不努力争取，哪来的机会；争取或许不一定成功，但不争取连机会都没有。

而那些，你认为或许人家喜欢你的人，没有半点实质性的行动，说明那只是你认为的一厢情愿。

有太多人将自己束缚在厚厚的躯壳里，喜欢不敢追，爱了不敢接受，缺乏勇气，也懒于行动。

前段时间，一位女生朋友和我说，她认识一位男生，在工作上认识的，在工作当中相处很愉快。她说，看得出那位男生很喜欢她。她也愿意给机会，只不过令她失落的是，男生只是嘴上说说，没有实际行动。

我问她："你要的实际行动是什么呢？"

她说，至少主动约我一起做点什么事情。总要有情调，或者搞点浪漫的事，送送礼物，看看电影，旅旅行，谈谈人生，也聊聊现实生活。这是喜欢一个人应该有的表现。

我想，这大概是大多数人对爱情憧憬的模样。

过了一段时间，她又和我说，现在的男人都那么尿吗？既然想娶老婆，又懒于行动，一开始就计较付出多少，还怎么娶老婆啊？

她告诉我，那位男生明确向她表明他喜欢她。不然也不会每天中午都找她吃饭，就算不出去吃饭，也要一起叫外卖。但，令她失望的是，每次餐馆吃饭结账或叫外卖给钱的时候，男生总算得十分清楚，有时候，甚至还要女生贴一两块钱。

这令朋友十分恼火，一开始就这么抠门，以后如何相处？

朋友又说，有天晚上加班，男生坐到朋友旁边，对她说："既然你没男朋友，我也没女朋友，我们在一起吧，你做我女朋友吧。”

朋友事后向我吐槽：“难道这就是成年人的感情，已经乏味到如此地步了？他还说，已经过了那个年纪，不愿再花心思追女人了，只想找个实实在在的人当老婆。他把我当什么呢？”

我笑着回复：“把你当老婆啊。”

朋友好像不甘心：“凭什么到我这里，就不愿再花心思了？”

我想了很久，对朋友说：“其实你们都只是彼此那个‘差不多的人’。你也不喜欢他，不然你不会在意他为你做过什么。真正喜欢一个人，他就算什么都不做，你也会喜欢的。其实，你也没为他做过什么，不是吗？”

大家都说，成年人的感情世界已经缺乏浪漫和懒于花心思了。其实，只不过是没有遇见那个愿意对你花心思的人罢了。

在望京某街道，有一个摆摊卖瓜子的女生，住在旁边小区的一个男生第一次遇见她，就对她一见钟情了。后来，他每天晚上都去买她的瓜子，买完瓜子并没有走，常陪着女生聊天，有时候，会聊到女生收摊。

女生也不是缺心眼的人，她很清楚那位男生的用意。

她和他说：“我只是一个外地姑娘，今天在这里卖瓜子，或许明天就去别的地方了。也许，还会离开北京。”

那位男生说："你去哪里我就跟着去哪里。"

后来女生真就离开望京，去了海淀某个街道，开始卖瓜子。那位男生就追到海淀去买她的瓜子。女生见男生如此用情，收拾好摊子回老家去了。男生便追着女生去了她的老家。

在他们认识的第三十天，女生说："我不想再卖瓜子了。"

男生说："做我的女人吧。"

然后，他们在当天就去民政局领证结婚了。这个故事就发生在上个月，他就是我的朋友。

所以说，如真遇见喜欢的人了，千山万水也会追过去的，而不是靠磨嘴皮子说句喜欢就没有下文了。

如果，没有遇见心动的人，还是再等等吧。既然对那个"差不多的人"那么多怨言，还是不要开始了。一旦开始了，只会有更多的怨声载道来消耗你的精力。

可话又说回来，对方爱不爱你，喜不喜欢你，你心里应该很清楚。爱你的人如没有按照你希望的方式来爱你，也不代表他们没有全心全意地爱你。只不过，看你想要什么样的爱。

而既然喜欢上了，就去追吧。

你将来会遇见更好的人，

我希望那是未来的我。

也曾想过不再让你孤单

文 / 夏茵丹

爱是一个不带武器的闯入者，
它一来，我就只能投降

大概是两年前的这个时候，当时还在跟着队里练跑酷，训练结束时间是晚上八点，从训练馆里出来，满街的车灯映着霓虹，夜晚深情得刚好。

因为训练结束后往往都会累成狗，连走路的力气都没有，我就会去马路对面的小店坐一坐。

记得有次练鱼跃前空翻，当时我极其渴望学会这个动作。我想，在人来人往的学校里默不作声地走着，然后越走越快，突然一个加速，整个人身体张开向前跃起，然后在最高点“啪”地抱腿，旋转，落地，若无其事地离开。炫极了！学校的女生们一定瞬间被迷倒！

因为不甘活在梦里，所以才会用力。

整整四个小时，我一直处在跳了起来和摔在地上的节奏。后来想想，那天大概翻了几百个跟头，几百个啊，妈的，看人都是眼睛在鼻子下面的。

训练结束后，他们拖着我去街边的小店，边走边说，死东西平时训练偷懒，今天这么玩命，小心累死你！

我晕晕乎乎地说：“妈的，我还能翻！快扶我起来！”

众人无语，训练完大家都累得要死，加上觉得我已经神志不清，怕揽上最后还要送我回家的麻烦，争着给我买喝的，然后说自己还有事就跑了，剩我自己和一大堆饮料。我瞬间泪奔，靠，这么多，喝到明天早上也喝不完啊。

我正发愁的时候听见有人喊我：“夏茵丹？是你吗？”

我扭头一看，面熟。他说：“我是墙哥啊。”

我大惊，整个人都换了一副样子，墙哥比我大几岁，名字里也并没有墙，只是因为他曾经大半夜坐在校门外的小土墙上唱情歌，他说那是他的青春，是牛逼，结果后来墙塌了。所以叫墙哥。

我说，来得正好，快快快，快来帮我喝掉这些饮料。

好久没见，墙哥看见一桌子的饮料，非常有礼貌地坐下说：“你脑子有泡，一个人要这么多。”

我说：“老板看我太帅，买一杯送十杯，哈哈哈哈。对了，晓晓现在还好吗？”

墙哥打开一杯饮料喝了两口说：“不知道，没有再联系过。”

我说：“为什么？你们当初那么好。”

墙哥看着一旁趴在桌子上边吃边写作业的几个中学生，过了几秒问我：“你说，后来李明和 Jenny 在一起了吗？”

李明？ Jenny？英语书上的小人吗？干什么？人家不都还是小学生呢吗！早恋爸爸妈妈会生气嗒！爸爸妈妈生气会很厉害嗒！况且你把那只恐龙放哪儿了！让他和面包圈在一起吗？

我问他：“你问这干吗？”

墙哥说：“我就随便问问，哈哈哈哈哈。”

好像过了这么多年，他们送走一拨又一拨的孩子，自己却从未长大。

“为什么？你们当初那么好。”

“后来，李明和 Jenny 在一起了吗？”

那时候觉得，只要两个人很好，就应该在一起的。

那时候觉得，只要两个人在一起，就应该一直在一起的。

可那时候，终于变成了这时候。

晓晓是墙哥曾经的女朋友，当初两人走到一起的时候，没有任何一方做了过多的努力，属于那种恰到好处的交会。

恰到好处的交会，意思就是两人不需要太多的语言。你眨眨眼，她就知道你的心思；她皱皱眉，你就明白她的难过。甚至连表白的过程都不需要，只需要一句，“在一起吧”。

“在一起吧。”一句话过后，对方眼睛一亮，恍如一切没有发生，却从此两个人的形体，一个人的影子。

有次晓晓过生日，墙哥提前一周开始准备，并且丧心病狂地要我们准备节目，要求不能重样，歌舞、小品、朗诵样样都要有。

为了顿饭费这力气，动不动还要赌上尊严，太可怕了，结果是所有人推托。

春子说：“那天我女朋友喊我去动物园看大象。”

小鑫说：“我家大花要生小猫，我得照顾它。”

杰哥说：“我二舅姥爷让车撞了，可能快不行了，我得去看看。”

轮到我的时候我才反应过来，我应该早抢一个理由的，妈蛋，你们都说完了我说什么。

墙哥看着我，我愣了一下说：“啊，你别看我啊，我也有事的，我女朋友要喊我生孩子。”

结果所有人喊，生个充气娃娃，你他妈哪来的女朋友。

墙哥见这种情况，“啪”地拍桌子站起来说：“不行！看大象的来看我的大象！生崽的抱去现场生！快不行的让他再坚持两天！那天不来的我就半夜跑到他家去砸门，你们看着办吧。”

晓晓生日那天，我们就这样被墙哥强行叫去了。从下午到晚上，先是在晓晓家，然后去饭店，晚上又跑去 KTV。晓晓玩得很开心，和我们说，谢谢你们，这么用心，还为我准备节目。

废话，这能不开心吗，我们岂止用心，都要用命了好吗。春子为了写朗诵稿子，天天熬到半夜，哭着告诉我们这一个星期他掉了八百根头发。

那天晚上玩得正好，墙哥突然说：“晓晓，今年过年的时候，和我一起回家吧？”

大家一愣，春子说：“见个父母，搞得像求婚一样。”

我说：“你个呆逼，父母都见了，那不就是要准备结婚啊。”

我看到晓晓眼睛里温柔得发着光，点点头说：“好。”

所有人欢呼雀跃，几个人吼得声嘶力竭，满地打滚，春子女朋友在一旁掐他说，看看人家，看看人家。

其实，两个人肩并肩地走着，关系还是会有一个顶点，那就是一家人。

因为想要拥抱你，我带着深情穿过四季，跨越千线，牵着月光流淌到山脚，跟着季风追逐到海岸，在夜空下打探，日出又是一站，漫天落叶是我写给你的书信。对视的温度握在手里，醒着时它是慰藉，入梦后就变成你的侧脸，三月清晨下了雨。

走了那么多路，吃了那么多苦，受了那么多累，就是为了成为一家人。

因为是一家人，所以千辛万苦也不觉得累。

在见父母之前，墙哥和晓晓分手了，我们问为什么。墙哥说：“晓晓说我们在一起久了，一直很平淡，她有些厌倦这样的生活了。”

我说：“这怎么可以？都走到这一步了！你再劝劝她啊。”

墙哥说：“我能做的都做了，就随她去吧。”

我问：“难道就只能这样了吗？”

墙哥说：“那怎么办，难道我让晓晓不厌倦，她就会不厌倦了吗？”

其实，挽留也是有一个顶点的，就是展露出所有的温柔，只等对方的一个决定了。

挽留到顶点，结果不后悔，不纠缠，但做到这两点都很难。

因为这世界上，很多道理只是说说，并不能行得通。

地球是圆的，难道人们背对着背地走就还会相遇吗？

我和墙哥从店里出来的时候，两个人撑得像孕妇一样。墙哥说：“正好今天我开车来的，先送你回家。”

我说：“走走吧，饮料到嗓子眼了，撑得不行。”

每当难过的时候，星星就会暗淡下来。

原来，阴天是这么容易。

走着走着墙哥问我："你说，如果当初我不放手，这些年走来，她是会烦我，怪我，恨我，还是会感动？"

我不知道，就没有作声。怎样能不后悔？怎么会不后悔？无论怎样，我们都在怀念那时候无限的可能性，因为如今已成必然。

夏天的蝉终究没有飞到秋天去，温柔的夜终将出现在白昼的尾音里。

公转太认真，自转太耐心，一瞬就是好久。

我们穿过大街小巷，走过泱泱四季，却深深记得那一点遗憾，说不清，忘不掉，回不去，大概这就是人们所说的眷恋吧。

我说："没关系，总要遇见下一个的。"

但凡丢掉的，总是完整的。

青春就是，我喜欢你，是就算不能和你结婚，还是会喜欢你的那种喜欢。

你会微笑，每一帧都亮了夜的星空。你会流泪，每一颗都烫伤我的肌肤。你会说照顾好自己，你会说以后要幸福。我爱你，可不能拥抱你，在原地回头望，眼角淌下一地月光，也曾拼尽全力，也曾想过不再让你孤单。

不见你的时候，一直在想你。

见到你的时候，还是在想你。

和R先生聊天

文 / 三十

不希望你被太多人喜欢，有我喜欢就好。

天气是生活的戏剧。

那晚，入冬第一场雪就覆盖了马路、车顶、窗台、灌木和行人的头发，我坐在 R 先生的车里，车子却抛锚了停在雪里。R 先生要开启雨刷，我挡住了他的手，向他指了指正在一片一片飘落在挡风玻璃上的雪花。我想，我们已经多久没有安静地坐下来了，没有等待一场雪下下来，没有欣赏过一场雪景。

他把音乐关小，跟我一起看着挡风玻璃发呆。

他说："我想到了顾城的诗：你 / 一会看我 / 一会看云 / 我觉得 / 你看我时很远 / 看云时很近。"

我说："我想到的是辛波斯卡，我为自己分分秒秒疏漏万物向时间致歉。"

我问 R 先生现在每一天是一种什么感觉，他把手放到口袋里，把目光从慢慢变白的挡风玻璃的间隙里延伸出去，最后缓缓说了三个字，无助吧。

短暂的沉默。三十多岁的人生，也许只有在大雪的夜晚，在抛锚的车上才能有勇气说出这三个字。布罗茨基的话在我心里回荡："一个孩子对父母控制他感到不满，与一个成年人面对责任时的恐慌，在本质上是一样的。你不是这些人之中的任何一个，你也许是小于一个。"

我掏出手机，找到一张图放在他面前，这是看一部电影时我截屏下来想要传给他，却因为太困没有发出去就睡着了，画面上是一本打开的作业本，上面写着"E，绝望，好累，好孤独，好痛苦，好想见朋友们，好想休息，好想睡觉，好想哭"，电影里的女主角是一位日本女孩，成绩垫底却在为了考上最好的私立大学努力。

他问："考上了吗？"然后又笑了，说，"一定考上了，我只是想求证下这位导演是不是还有新的想法。"

我说："这位导演的想法很简单，但却很真诚，他承认了'追求'的各种反人性，必须痛苦，必须付出和放弃很多，但也提炼了人生的'可能性'。"

R 先生被"可能性"三个字深深打动了，他说："如果我没有选择创业，你也没有选择异地工作，这样的天气最适合看电影，也许我们这两年又看了几百部电影。”

是啊，也许能看更多。

还记得七八年前跟 R 先生谈论喜欢的电影，R 先生对《正午》《欲望号列车》《美国往事》等经典之作均闻所未闻，甚至连《卡萨布兰卡》《蒂凡尼的早餐》之类也浑浑噩噩，R 先生的最爱列表上清一色香港电影，大多数是小学中学已经看过的。我嗤之以鼻，说：“你是我见过最怀旧的人，但问题是这些电影哪里值得你反复看到现在？”R 先生因此很受伤，有一段时间他在国外工作、生活，半年看了四百多部电影，后来我们再一起看电影,《心灵捕手》《朗读者》《未知死亡》《致命魔术》是他推荐的，《飞越疯人院》我中途睡着了，醒了是他给我讲完的。

我们认识的前几年，我们在电影里度过了很长的时间。正像几米画的那本《时光电影院》。

R 先生用胳膊肘碰了碰我的外套，问：“现在这个年纪，你最喜欢和难忘的是什么电影？”

我说：“我喜欢的难忘的不太重合，我觉得我喜欢的是《美丽人生》《肖申克的救赎》《居家男人》，我应该喜欢那种一个曲折的过程和一个相对圆满的结局，但常常在某个瞬间浮现且挥之不去的却是《西西里岛的美丽爱情》里那个内敛早熟的小男孩，是《美人计》里最后一个镜头的隐喻，

《情书》里那段中学时光，《香水》里驱使邪恶的天才禀赋……”

我问 R 先生：“你呢？”

他说：“在我筋疲力尽的时候，我有时候会想起永远不肯下船的 1900 的人生，有时候会想到《钢琴师》里瓦拉迪斯劳在战争的恐怖中，伸出双手在空中专注弹奏的情景……”说着他闭上眼睛，双手在空中弹奏起来。

他说他已经不记得《情书》的情节了，已经过了这么多年。于是我把我记忆中的《情书》讲给他听，他惊讶地问我，你怎么能记得那么多的细节？我说，每年都会看一遍啊。这是一部关于爱情的电影，也是一部关于死亡的电影。没有死亡，这部电影不会发生；没有死亡，在漫长的生命坐标上不会有人追究青涩的初恋；没有死亡，那些被揭晓的爱与被爱不会那么绚烂。像岩井俊二在片头的隐喻，对于死者，死亡是一场无声的大雪，对于生者，死亡是一场大雪中的呼吸、行走和呐喊。

我们默默交换了眼神，像共同经历一种私密的仪式。

我说：“我很喜欢凯特·布莱切特在《返老还童》里的一个镜头，她收到布拉德·皮特从英国寄来的明信片，看到背面写的一行字，我遇到了一个人，我爱上了她。她默默地把明信片放到唇边，若有所思，惆怅莫名。因为这个镜头只有零点几秒，为了有一张完美的截图，这个地方我曾经反复看了二十多次，终于截到了一张并不怎么样的图。然后有一天打开百度搜索这部电影，却看到一张堪称完美的照片赫然挂在那里，正是我想要的那个镜头。”

R 先生说：“人在生活面前总是显得笨拙，但就是因为有了这些笨拙的追求，在获得的刹那你才会辨认出它，不至于茫然错失。就像朴树在自己的微博上举过一个例子，一个音乐人为了录一首音乐录了几年的时间，突然有一天打开播放器随便播放了一条，欣喜若狂，说，就是它了。这时候他的制作人告诉他，很好，这正是两年前我们录的第一条。”

我默默看了一眼 R 先生的侧脸，我们好久没有这么轻松快乐。我想到了辛波斯卡的诗：“他们窃用、征收对方，如此之久，终至怀里拥着的只剩空气。这两人谁被复制了，谁消失了？谁依然活着，谁已然逝去。”生活不是一场爱情电影，大多数的生活是一场肥皂剧掩饰下的惊悚片，我多希望我们永远保持彼此，不要被彼此复制、吞噬，更不要被其他人复制、吞噬。人生很长，需要有个人像这样聊天。

时间不早了，虽然我知道一会儿我们还要想办法修车，我的行李箱还在后备厢里，回到家有大量的东西要整理，还要花点时间处理工作，然后明天早上继续上班。而 R 先生还要赶去为他的生意忙碌，要凌晨一两点才回家。但这歇歇脚的时光，雪很美，很暖。

天气真是生活的戏剧。

怀念我们刚认识的时候，

拘谨中带着一些温柔。

至少我还有你

文 / 老淳

为了寻找你，我搬进了鸟的眼睛，时常盯着风。

这样的心境你一定也曾有过：醒在天将亮未亮时候的你，不知来处的伤惋，墨花般濡染，痛惜曾经失去的，挂牵难以得到的，为那些没有结果却不自禁的苦求，为那些该当挥手却难以割舍的不放手，心中总有一些挣脱。

禅说，如果我们能够放下世间的万有，那么，对任何一个人、一件事，我们都能拥有。

虽是水云胸襟，却确有真味。

那年冬季，我居住在一个陌生的城市里。小城的日子，像赶集的小街，热闹片刻之后便是永日的清静。偶尔从附近小学传来的钟声，叮叮咚咚地敲着，加上冬日的暮色，你会瞬间感觉房间一下子变得空旷，有种天地悠悠的感觉。我蜷缩在一角，听音乐看书取暖。

某一个黄昏，身边的电话响了起来，是远方的朋友打来的，伴着细碎的杂音，我们要大声说话方能让对方听清，似乎只有这样，才能让我们意识到彼此的存在。

“下雪了吗？”那边问。

我说：“是啊，过路人的头上都落满了雪。”

就这么有一搭没一搭地寒暄着，过了一会儿，双方都沉默了下来，找不到什么可说了，一簇簇雪花漫无目的地飘过窗外，时间怎么也无法静止。

忽然想起来，就问：“那边只剩你一个人了？”

“还有盏灯。”

还有盏灯？还有盏灯！那么多个日子那么多次聊天，因为时日久远不再清晰，而那盏灯始终在那一簇冷清的黄昏里，没有形态不着痕迹地亮在记忆里，有着不可捉摸的温暖和可以感知的关怀。

许多回进进退退，好多事浮浮沉沉，点滴得失些许欢乐已不再令我心动，喧嚣的日子、冷寂的日子都一样在逝去，然而，那一盏灯让我还有一些岁月可回首、可探望。

到过的草原，不是古诗中风吹草低的那种风貌，满原黄花亦开亦败，似牧歌又非牧歌的声音，从极远处传来，在微风中展卷。生命一时显得恢宏博大，而个人旅程却仿佛更加浓缩简短。那一霎改变了我所有的感觉，一日仿似百年。

异乡遇见的朋友也许是最易投缘的，山一程水一程，及至要分道的午夜，骊歌不唱人无语，握别总是平淡，眼神却又惊心，只不过是彼此一生见着千人中的一名过客，不会再相逢了，但我珍惜着塞外轻骑卷疾风的英气，收藏着煮茶论英雄的豪情，追忆着同担一肩风雨的行程。

人生每一程都不可能重复。遭遇过的冷热，欣赏过的人物，履过的山川，擦肩而过或并肩而行的人，盛装或褴褛的自己，都那么经不得推敲研磨。意绪渐如深秋之荷，雨声纵有诗意，听来也觉愁煞。然而，毕竟是过去的人事、过去的风风雨雨铸就了今天的我。岁月过处总有或深或浅的痕迹，我不再执着一念。

至少我还有你。

曾经用心度过的日子，曾经起伏波折的故事，曾经笑容璀璨的青春，也许都在逝去。至少我仍珍藏着人生中总会有的，总是短暂的那些灵动如鸽、温馨如语、朗澈如风、逸动如绸的片段……

至少我还有你。

不会去在意那些停留、那些湖平船泊的圆满。当我酿分离成杏花酒，总以人生暖意相佐，我醉得很开心。

得失随缘，心无增减。听花瓣飘旋的清空之音，不再注目于一己一念，从此日日是好日，步步起清风。

时光是个少年犯

文 / 谈西

我们终究没能抵挡得住时光在彼此身上碾压过的痕迹，
一点一点地和过去渐行渐远，
甚至背道而驰。

●

店里靠边的位置，残留着抹布痕迹油油的桌子，服务员“啪”地放下一次性餐具就匆忙离开。对面坐着我的两个发小，左边这个戴眼镜的卷毛叫灯泡，右边板刷头黑皮肤的叫水草，刚从部队回来。

服务员端来一盆鸳鸯锅，点上火，没一会儿就烟雾缭绕起来。穿过浓浓胡椒味的雾气，我感叹水草初中那会儿就黑，现在又在军队里滚了两年，这黑色素沉淀得已经和非洲朋友有一拼。

孔老夫子说过，“君子之交淡如水，小人之交甘若醴”。

私以为说得很对。

下锅的蔬菜和肉推过来了，我自觉地把培根、牛肉、生菜一一端上来。灯泡倒是还好，水草毕竟是两年没见了，一下子不知道说什么好。我干脆只盯着锅里的汤，等时机到涮肉吃。

做小人多好，吃吃喝喝的交情最甘醇！

初中毕业，水草没读高中，也没和其他分数不够的同学一样去读职校，而是在家里浪着。我们跟他说，这一天到晚在家你不闲得慌啊，倒是不担心他吃白饭，他们家的家底还是够他闲的。虽然我和灯泡都为他不齿，但是本人好像完全不害臊。

整日里闲来晃去，不是钓鱼就是养花，我说他两句，他就义正词严：“急什么？我可是要当特种兵的人，过段时间就要兵检的，现在在锻炼身体。”我想一想，身体是要锻炼，只是钓鱼能锻炼身体？不过也不再多说。

没承想，他倒是来劲了：“我跟你说，到时候我当上特种兵，你别来抢银行啊，到时候我可是一枪一个准，没人能救得了你。”

嘿，我真是醉了。我这么个聪明伶俐的姑娘怎么就想不通要去抢银行了？

正在我胡思乱想的时候，水草突然开口来一句：

“谈小西，你变了。”

我穿过烟雾看他一脸严肃，像是在给我这死刑犯下判决书。瞬间我浑身一抖，像是从温暖的室内出来突然被寒风吹了一激灵。

我抬头，一脸庄重地问：“你倒是说说咋变了？”

我认为，面对长久不见的朋友，千万不能说“你变了”或“你没变”。说“变了”，对方觉得自己不复当年单纯可爱；说“没变”，对方又觉得是在被骂不思进取。

水草好像全然没有注意到我的臭脸，自顾自地说：“你看你以前都会主动找我们出来玩的。”

“可是你看，这次我回来，你都不问一声。”他一脸无辜地望着我。瞬间让我想起了小时候隔壁家那只黑猫，通体黑色，眼睛贼亮。

望得我心一虚，岔开话题：“你不是要做特种兵吗？怎么没两年就回来了？”

我这么一问，灯泡也好奇地望着他，水草的眼神黯了黯，说："唉，特种兵，哪有那么好当的。"

刚进部队那会儿，本来就怀着志向，处处拼命，也处处想冒头。艰苦的训练日复一日，随之而来的还有一些人的冷嘲热讽和故意排挤。当误会解开，却又突然受了伤。虽然不算很严重，却犯了水草妈妈的禁忌。

说着，就哧溜一声打开一瓶啤酒，拿起来却没有喝，又说："我妈当时就逼我发誓服完役马上回来。"

他仰头喝了一大口啤酒，再看他的眼睛时已经没有了异样，好像刚刚的泪光只是我的错觉。

"哈哈，其实现在还有点不习惯，毕竟在部队里待了挺久的。现在在家，我有的时候早上醒过来还会以为自己在部队。"水草笑了笑。

部队的日子不仅晒黑了水草的皮肤，也让他成熟了不少，可笑起来依旧是那个喜欢假装不在乎的闲少爷样子。

水草摆摆手冲我和灯泡说："赶紧吃，这菜都下了哈！"

闲少爷还会招呼人了，我突然有些不适应。

“你还记得晨辉吗？他初中毕业就回老家了，一直没联系过。前几天上QQ才知道，他刚得了个大胖小子。”水草说。

“当然记得啊，小学的时候他还老是被数学老师骂呢，因为他列竖式的时候,老不写符号。”我说,“嗯,现在竟然也是个当爹的人了。”感觉很神奇。

“哎，灯泡，很久没听你谈起村花啦？”我突然想到什么。

村花是我们给那个妹子取的外号，从小生了一双桃花眼，顾盼有情，是我们十里八村的一枝花。据说三岁那年，就勾走了灯泡的七魂六魄。村花虽然有双桃花眼，但她是个好姑娘。

她是个好姑娘，只是不能说话。

从小灯泡都是和村花待在一起的，连带着我和水草都成了村花的小骑士。有孩子敢对村花表现出一点点不敬，不管是比他大还是比他小，灯泡永远一副要把对方撕成两半的架势，他自然三天两头挂彩。每每打完架面对村花时，他只是揪着卷毛傻笑。

以前我们笑他，村花什么时候成了他家的宝贝了，人家多看一眼都不行，他愤愤地把手里的树枝一摔：“他们是不怀好意！”

这样的日子持续到我们和村花上了不同的小学。七岁那年，灯泡很是颓废了一阵子。后来他成天盼着村花周末回来，一到周五就像打了吗啡，初中废寝忘食地学手语，高中上离特殊学校最近的北中。

我曾怀疑，灯泡对村花只是像对妹妹一样的感情吧，小屁孩的懂什么叫爱情。只是这小屁孩的坚持一直没有放弃。

后来，我潜意识里的未来，灯泡肯定会和村花在一起，恋爱、结婚。于是，两人间的消息就没有特意关心过。

灯泡大概没料到我会问这个，愣怔了两秒钟。

“哦，我啊，早放弃了。”

我和水草面面相觑。

我们都变了。

不管是不是愿意听到，这是不能忽视的事实。好的坏的，说不清的。

吃完饭各自回家，我总觉得有什么落在了身后，却无法再回头。

到现在，我还做着梦。

我坚信，一点一滴的努力，

一定会带来滴水穿石的改变。

PART 7

当我们谈论彼此，说的并不是同一回事

人可以以二氧化碳为生的，只要有爱情

文 / 三十

当我们谈论爱时，我们谈论的不是同一种东西

朋友失恋，电话里哭了，我却一句安慰的话都说不出口。

关于爱情，八百年前那句老话说得太妙，“问世间情为何物，直教人生死相许”。一个叫元好问的中国词人问出了爱情领域的哥德巴赫猜想，至今无解。

“爱情是女人的事情，你们男生经常一辈子都搞不清楚，就不要太勉强了。”去年编剧余飞向琼瑶阿姨求教爱情是什么，琼瑶如是回答。

就连中学生也早早吃上苦头，广州一名中学生考完英语后接受采访说道：“如果爱情能像英语一样简单就好了。”

爱情，谁说得清呢，这世界上最懂爱情的几个女人这里，爱情依然是个未解之谜。

杜拉斯：（爱情）疯狂就如同智慧一样

《广岛之恋》里有全世界最短暂、最炙热的爱情，成熟性感的法国女演员丽娃，她这样描述爱情:“你知道，疯狂就如同智慧一样。是解释不清的。完全跟智慧一样，它一旦落在你身上，就占满了你的身心。那时，你就理解了它。但是，当它离开了你，你压根儿就再也理解不了它了。”爱情，就是这智慧一般的疯狂。

这场爱情的男主角，不明职业的魅力男人，日本建筑师或工程师，在他们风花雪月之后，他问丽娃：“告诉我……像这类逢场作戏的事……你经常有吗？”

丽娃：“不那么经常。不过，还是有的。我很喜欢男人……”

陷入沉默。

丽娃补充道：“你知道的，我的道德观很成问题。”

日本男人问：“你说的道德观成问题指的是什么？”

丽娃：“怀疑别人的道德。”

就像这样，爱情是灵魂的较量，假戏真做的萌芽就在这机智的思辨中。身体交流在思想交流面前只能让步为花絮和奖励。身体的取乐引发的是一场灵魂的需要。

杜拉斯对爱情的思考方式较常规的爱情发展顺序是逆向的，以往我们拿来证明爱情的肉体关系在这里只是男女主角相逢的垫脚石。日本男人对丽娃的爱是这样的："由于内韦尔，我才开始了解你。因此，我在你一生所经历的成千上万事件中选择了内韦尔。"丽娃问他为什么选择内韦尔，他说："我是这样理解的，我觉得你当时如此年轻……年轻得你还没有确切地属于哪个人。我喜欢这样。"

然后他爱上了她，她也爱上了他。他迫不及待地跑去她拍戏的广场见她一面，在那对视的一刹那，他们仿佛历经一场顿悟，这便是此生最后一面，永别就在几个小时之后，他们心知肚明。

最后一次他们共处一室，居然毫无心思肌肤相亲。那种情感压倒欲望的怅然若失解开了爱情的真面目。有时候啊，爱，不得不说是灵魂的炼狱。它发生得太令人措手不及。奇迹发生条件之一就是：并不充足的时间。人这种生物，我们的情感就像是闸门后面的激流，时间这种不可再生的冲突，击溃闸门易如反掌。两个人要相爱，上帝也是无可奈何。最后他们在咖啡馆度过了一夜，丽娃说真喜欢广岛这种不夜城的感觉，正说着的时候咖啡馆里近在咫尺的最后一盏灯熄灭了。

最后，她站在他面前，以一个乐观的悲观主义者的口吻，说："有时候，应该尽量不要去想尘世给人造成的困难。要不然，这个世界就完全变得令人窒息。"他们一起垂下了眼睛。

爱情，便是这眼神之下的沉默与阴影。

张爱玲：每个女人都有一段非走不可的弯路，这便是爱情

一生没有相信过爱情的张爱玲，《红玫瑰与白玫瑰》里坚持"人生无爱"如此悲观基调的张爱玲，也曾经有过内心萌动的分野，据说那是个真实的故事，就是她那篇出了她最负盛名的名句，但却大都说不上出处的小散文《爱》。

一开头，张爱玲自己也说，这是真的。大抵是胡兰成讲给她的，这故事里的女主角正是胡兰成发妻的庶母。那一年，十五岁，身着月白短衣的妙龄女孩，在春天的夜晚，手扶桃树，望见对门的少年，他们见过却未曾说过话，他走过来，轻轻说了句："哦，你也在这里吗？"于是站定，两人对视片刻，又各自走开了。后来女孩辗转被拐卖，经历无数惊险与风波慢慢终老，还是不断提起，那一年，在桃树下，那月光下的少年，还有那句轻轻的话。

天意弄人的际遇，没有过上一天理想日子的女人的人生，一生只在那一个瞬间。

“于千万人之中遇见你所要遇见的人，于千万年之中，时间无涯的荒野里，没有早一步，也没有晚一步，刚巧赶上了，那也没有别的话可说，唯有轻轻地问一声，哦，你也在这里吗？”

爱情太短，遗忘太长。

张小娴：爱情从来就是一件百转千回的事情

“这一生里，你听到过多少句‘不介意’？”

那时候，你对他说：“我已经有男朋友了。”

他说：“我不介意。”

你说：“我不能给你全部的爱。”

他说：“我不介意。”

你问：“难道你不介意我的过去吗？”

他非常肯定地说：“我不介意。”

然后，有一天，他开始介意所有他曾说过不介意的事情。

下一次，当你听到“不介意”这三个字的时候，你就知道：

人在得不到的时候，什么都可以不介意。

得到之后，什么都有点介意。

这是爱情，希望你不要太介意。

深入浅出的张小娴，她是爱情世界里最具抽象能力的速写天才。

哦，爱情，原来如此。

廖一梅：人可以以二氧化碳为生，只要有爱情

廖一梅简直是文艺女青年的范本，为了一件疯狂的小事、一件不值一提却不得不提的小事，她花了很长时间，写了一部又一部戏，一直在探寻这件叫作爱情的事，她说，答案差得远呢，一生可能都不会有。

《恋爱的犀牛》里的马路，是别人眼中的偏执狂，是我眼中最具感染力的爱情诗人。因为爱，他过分夸大了一个女人和另一个女人之间的差别，在功利的现实里，他偏执得颠覆了对生活的谄媚，看重所有人最不看重的部分，对爱情视若《圣经》。

马路在《马路之歌》里唱：

“一切白的东西和你相比都成了黑墨水黯淡无光 / 一切鸟兽因为不能说出

你的名字而万分绝望 / 一切路口亮起绿灯让你随意通行 / 一切指南针为我指出你的方向 / 你是不留痕迹的风 / 你是轻轻掠过我身体的风 / 你是不露行踪的风 / 你是无时不在无处不在的风 / 我的爱人，我的爱人，我的爱人，我的爱人 / 你是我温暖的手套，冰冷的啤酒 / 带着太阳光气息的衬衫，日复一日的梦想。”

嗯，不可否认，我就是因为这段唱词，爱上段奕宏的。

最后，还能说什么呢，就像廖一梅在她的戏里表达的，“所有的爱情都是悲哀的，可尽管悲哀，依然是我们知道的最美好的事物”。

所有的爱情都是悲哀的，可尽管悲哀，

依然是我们知道的最美好的事物。

总有一天，
你会与那个对的人不期而遇

文 / 狐尾百合

所谓的幸福，从来都是水到渠成的。

在我二十六岁的时候，我脑海中始终盘旋着一个问题：

这世上到底存不存在所谓的“对的人”？

回头看看自己的经历，总觉得情况不容乐观；

再看看身边的朋友，依然没有找到多少信心。

奶茶虽然唱着：“对的人终于会来到，因为犯的错够多”，可优秀如她，也是等到四十多岁才遇见那个所谓的“对的人”。

不是惧怕年龄，只是一想到那些一生中最美好最璀璨的岁月注定要独自走过，还是忍不住会遗憾。遗憾没有在最好的年华里，与那个对的人不期而遇。以至于连快乐都不那么纯粹了。

身边总会有那么一两个慈眉善目的老者，我喜欢与他们一起坐在冬日的暖阳下晒太阳，什么都不用说，却能感到一种被包容的谅解。

他们的年龄通常要比张牙舞爪的七大姑八大姨大出一截，漫长而琐碎的生活将他们打磨得如同鹅卵石般温润。他们常常出现在老屋的房檐下，神态安详，从不出口伤人，也绝不强人所难。

他们会在漫长的沉默后，轻轻地对着虚空说一句：

“不要急，时候未到。总会遇到的。”

听到的那一刻，我仿佛受到了佛性的洗礼，内心第一次甘愿相信：

这看似宽慰的话语或许真的是生活沉淀之后最大的哲理。

怀揣着一颗将信将疑的心，我从二十六岁走到三十岁。

生活一如既往地平淡如水，那个命中注定会到来的人依然迷失在路上。

我不知道这场没有时间没有地点没有邀请函的遇见究竟会在生命的哪一个转角出现，只能带着宿命般的稀薄认同一步步向前。

我无法预见未来，却依然对未来抱有飘忽不定的幻想。

直到有一天，我遇见一个人。

一个很普通的人。普通到与他初相识我在他身上看不见一丁点命运的暗示，以至于我只是抱着试试看的态度与他开始了相处。

我们一起在时光中寂静打磨，偶尔甜蜜，偶尔苦涩；不时欢腾，不时争吵。

更多的时候，我们只是静静相拥，默默陪伴，寂静欢喜。

我们不晒幸福、不秀恩爱，只因为那些年独自等待的过程将我们变成了小心翼翼的守望者。

遇见彼此前，我们格外害怕那张画着交集的地图会遗失在某个黄昏的雨后；所以在遇见彼此后，我们才成为中了大彩的赌徒，抱着窃喜的心情，低调而安静地过活。

然后，某一天清晨或午夜，我们睁开眼，看着枕边那个安静熟睡的伴侣，内心充盈而丰盛，感觉自己终于拥有了全世界。

那一刻，我们才恍然惊觉：原来，我们早已和那个对的人不期而遇。

所谓的幸福，从来都是水到渠成的。

它无法预估，更没有办法计算，唯一能做的便是：在遇见之前保持相信，在相遇之后寂静享用。

而最后，想要说的是：幸福，从不会遗忘任何渴望遇见它的人。

不信？

请看下面的一个问答。

问题：“早晚会遇见那个人”这事是真的吗？

1. 会有。我明年三十岁了，前十年苦恋，不是被劈腿就是被悔婚，好几年混乱地过，当时真的觉得这辈子不会结婚了，爱情是什么玩意儿。后来发现，要尊重事实，女人不要太感性，无论何时上天都是公平的，当你自己变好，就会有另一个好人出现。现在订婚了，觉得他就是我一直在找的那个人，我终于找到了。——Baccano

2. 会的。以前从没想过会遇到他，但就是遇上了。虽然还没修成正果，至少目前他给我的感觉就是这样，接受我所有的缺点，珍爱我所有的优点。没有定位的必要，只能说遇到了就知道了，我以前也一直不知道我喜欢的男人应该是怎样的，但是遇到他就觉得是他了，自然而然的感觉。——蝴蝶肋骨

3. 暗恋一男生十年，苦逼了十年，然后与现任老公一见钟情。恋爱三年，结婚两年，日前每天仍在热恋的感觉。我老公是李大仁型的，因为自己曾经那么难受过，所以现在才更懂珍惜。我老公说让我把对那个男生的回忆放在心底，因为没有喜欢过他的曾经，也不会成为今天他喜欢的我

的样子。所以爱情一定要等，不要凑合，上帝的安排总是最好的。——啦啦啦

4. 我有。之前有段刻骨铭心的初恋，为此伤透了心。离开伤心的城市，一年后遇到了我现在的男朋友，曾经的伤痛都成为过眼云烟，我现在很满足，很幸福。——rubybaby

5. 会的。我在遇到现在老公之前，觉得这辈子都不会再爱了。前任劈腿、诬陷，还动过手，跟他分手也分得很闹心。然后抑郁症复发，直到遇到现任。他一直陪着我治病。我俩年底领证。——Chenancy_MA

6. 会的。之前一直苦恋，被前男友否定嫌弃，被说胖、长得稀里糊涂，实际上 165 厘米身高、108 斤体重，长相说不上美女但也不丑。纠缠三年，狠下心分手，不愿意再虐自己，然后遇见了现任。他说就喜欢我白白胖胖的，瘦了就不爱我了，说如果摸不到肉肉会很难过。不管走到哪里，见到就会拥抱。被满满的依赖和眷恋包围着，那感觉真好。所以，请相信：你是谁，你就会遇见谁，总会遇到一个人让生命全改变，就算爱过人渣也不要怕，因为那时候的自己还不够好，只配拥有他们。——夜雨南山

7. 会的。初恋失败后单身六年，做了六年的干物女，不想恋爱更不想结婚，一个人过得还算开心。曾经以为那个注定会出现在我生命里的人永远也不会来了，我已经二十八岁了，感觉他再不出现还未盛放的我真的要凋谢了。然而 2014 年的某一天，我们相识于豆瓣，与君初相识犹如故人归，

不知道为什么就有一种天然的亲近感，不用装，也不会尴尬。一个月之后我们领证了，典型闪婚。现在结婚五个月，过得挺好的，有时觉得命运很神奇，我们就是注定在茫茫人海中遇见，注定会在一起，没有刻意，一切都是那么顺其自然。和他在一起我也很舒服、很开心，有种命定的恋人的感觉。——freya_sheng

亲爱的，请记住:和所有人一样，总有一天，你会与那个对的人不期而遇。

嘿，
亲爱的恋爱不适症患者

文 / 米粥

好好感受那些孤独、软弱的时刻吧，记住那些感觉。承认你需要别人，忧伤时希望有人共担，快乐时想要和人分享。这并不羞耻，人本来就是不完全的。

●

我有一个独特的天赋：可以很快地看出来一个人有没有男 / 女朋友。

其中，那些久不交男 / 女朋友的，是最准的。

在日常的语境中，这些人俗称“注孤生”。而在日剧《约会～恋爱究竟是什么呢》里，我第一次听到这个专业而温柔的称呼，“恋爱不适者”，或者说，“恋爱不适症患者”。

他们走在人群里，看起来嘻嘻哈哈，其实心门紧闭；看起来游刃有余，其实跌跌撞撞，永远学不会恋爱的法则；喊着“给我介绍给我介绍！”，其实浑身都散发着“我根本不需要一个男／女朋友！”的气息。

更有意思的是，注孤生们喜欢的人往往也是注孤生，同时又被其他的注孤生喜欢着，就这样循环往复，组成一个壮观的“恋爱不适症患者”迷之食物链。

他们徒劳地爱着、被爱着，却永远无法真正地相遇。在秀恩爱的汹涌人潮里，形影相吊，孑然一身。

欸，你看，那个人好像一条狗哦。

每个人都说，你不要再挑了。

患者们欲哭无泪，我并没有挑！

好的！那我来讲一个故事。

有天我加班到很晚，回家路上看到一篇文章开头问：外面天寒地冻，回到家的那一刻，什么是你最想看到的暖意，是这样？然后配了一张金城武湿着头发搭着毛巾穿着家常 T 恤温柔微笑的画面。

头脑还来不及思考，身体和灵魂已经猛烈赞同，是是是！就是这样！

虽然“睡胡歌、睡王凯”的呼声简直蔚然成风，可若要论“最想睡的男神 top1”，我觉得还是金城武。因为我始终记得一个电影的场景：暖黄灯光下，他淡淡笑着，问，你忙归忙，什么时候有空嫁给我？

安慰了多少夜归少女的心。

于是我联想起胡歌最近拍的情话小短片。“完全没有走心嘛！”我撇撇嘴想着，“坐在沙发上吃膨化食品看肥皂剧”“卡你随便刷”的爱情，并不是我最向往的场景，再说，我也完全不想变得邋遢而“你并不介意”。

我心里的一个小人儿说，又不是真对你说的，挑啥毛病啊！而另一个人说，既然都不是对我表白的，说说又怎么了。

清浅在去年光棍节写了篇文章，叫《单身的原因是因为太挑？你别逗我了》，然后她问我，你觉得呢？

我已经相当成熟，所以回答说，当然是因为挑了。

不然你再看我说胡歌那一段嘛。

“挑”，不是要房要车要存款，而是就算口里喊着“男神嫁我！”，心里还是各种要求，嘀咕着，哼，不走心！

我有一个朋友，每次跟他谈到感情问题我都这么开头：你还没有分手吗？

果然没有。他还用两个字概括了自己的感情：折磨。

我说，嗯，不能接受折磨的人，最后就成了注孤生。

不管怎么说，任何生活只要沾上了情感关系，总归变得麻烦起来。相爱相杀这种事情，不太符合简单纯粹的生活哲学，因此很少被恋爱不适症患者们所接受。

为了少点风险，那就自己过着吧。

道理都懂，可是能怎么办呢。

如果你的身边有这种人，就一定能明白，他们啊，又笨拙又清高的。人们为了说服他们，制造出一套一套的说辞，“两个人就是一起过日子啊”“选谁都一样，男／女人都这个德行”……可是，这是一点用都没有的。

就像有些人就是长得高，有些人特别爱美，有些人就是要爱。除非回炉再重生一次，否则怎么会因为几句看上去也没什么道理的话，就改变自己呢。

晚睡姐姐这样写道：有一种论点说，有的女人嫁给任何男人都会幸福。不，我不同意这种观点，人和人的相遇，形成了命运，形成了际遇，不同的际遇导引我们走向不同的方向，每个人都需要在机缘际会中成就自己，但遇到什么样的人很重要，好的人在一起互相滋养，坏的人在一起互相消耗。

这一切的前提是，你要先接受不同的际遇。

亲爱的恋爱不适症患者啊，你的心要放宽一点，手要松开一点，去接纳不同的人以及相随而来的命运。

你要相信自己有力量可以阻挡住坏的命运，并且和好的人一起彼此成就。

恋爱不适症患者通常非常能忍受孤独，同时，也羞于承认自己的柔软和

脆弱。（不不，我指的不是你在微博和朋友圈上自黑的那些）

好好感受那些孤独、软弱的时刻吧，记住那些感觉。承认你需要别人，忧伤时希望有人共担，快乐时想要和人分享。这并不羞耻，人本来就是不完全的。

这是我说“完全没有办法”之后提出的唯一建议。

幸福有高低之分吗?

恋爱不适症患者们，时而斗志昂扬，觉得自己可以得到一个最高级的幸福；时而沮丧失落，觉得自己会孤独终老，不可能会有哪怕最微弱的幸福之光。

其实我们都可以有一个普通，但是也很可爱的幸福啊。

最后说回开头，直觉这个事，我有个朋友比我更厉害，她号称自己能看出这些人什么时候会交到男/女朋友。

记得两年前她还深情看着我，说，没事没事，你啊，就快了。

遗憾的是，她错了。

你要相信自己有力量可以阻挡住坏的命运，并且和好的人一起彼此成就。

离开那个让你自卑的人

文 / 猪小闹

要做快乐的自己，找寻最真实适合自己的爱情啊。

如果你曾见过她，你也会喜欢她。

她清秀端庄，眉目如水，虽不十分美艳，但在我眼里，她就是世界上最清纯、美好的人。

那一年，我们都很青春，二十二岁的年龄，没经历感情，初入社会，还拥有着诗一样的情怀。

我们在同一家公司，同居一屋，衣服不分彼此，吃一个碗里的方便面，睡面对面的床。我们笑看窗前花开花落，静观天外云卷云舒，一起哭过，笑过，闹过，心事不曾有任何保留。

她，就是我的好友阿芫，我们好得像是连体婴儿，无论走在哪儿，有我时便会有她的存在，有她时就有我的影子。

直至有一天，有一个人，他让我们渐渐疏离，还差一点儿导致我们的友谊破灭。

这个人，就是阿芫认识不久的男友，赵远。

赵远大阿芫十岁，彼时已经是一位成熟的男士，有自己的一份事业，本地人，小成功，样貌也说得过去，表面看起来彬彬有礼。

阿芫是位有恋父情结的少女，或许是因为她的父亲过早地离开了她，所以在她的脑海里，一直存留一位温暖高大的父亲形象。

她曾经说过，她要找的爱人，比她大上很多才行，这样她才会有安全感，才会有被人宠爱的感觉，才能弥补从前过早失去父亲的遗憾。

赵远看起来是位体贴人的男士，我经常看见他送给阿芫一些礼物和花，礼物并不贵重，但在那时年轻的我们眼里，贵不贵重并不是很重要的，重要的是享受那种时刻有人关心的感觉。

看到阿芫能找到心仪的对象，我也替她很是开心。

但他们恋爱没有多久，我发现阿芫并不十分快乐，她经常走神，眼神有时略略有些悲哀萧索，并不是恋爱中的人应该有的春风满面。

我有些奇怪，忍不住问道：“阿芫，你现在有赵远关爱，为什么还不开心呢？恋爱中的人不应该是幸福的吗？”

阿芫轻叹口气，说：“我也不知道，我不知道为什么，有了些不太好的感觉。”

我说：“怎么啦？是赵远对你不好吗？”

她摇摇头，愣了一会儿神。突然对我问道：“小闹，你觉得我好吗？”

“好啊，特别的好，世界上谁都没有你好。”我笑着回答，虽然我的言语当时有些浮夸，但我真心地觉得，像阿芫这样的女孩子，真的是很好很好很好的。

“可我觉得我没那么好呢。”阿芫有些落寞，寂寂地说了这句。

或许当时我还太年轻，并不能懂得已经恋爱了的阿芫，只觉得她变得有些忧郁了，还有些不自信，常常问我她到底好不好。

时日久了，我有些不耐烦，觉得阿芫太神经了，如果恋个爱要把人变成这样，我情愿不要恋爱。

但后来有一天，发生的一件事，我突然就明白了阿芫的感觉，亦懂得了阿芫为什么变成现在这样子。

那一天，阿芫、我、赵远在一起聚会，那是一家中档次的餐馆，是赵远提起请我们的，好像是因为他接了一桩大的生意。

席间，赵远点了一些菜，我一向随意惯了，特别跟阿芫在一起，一直都是亲人之间无拘无束的感觉。

我不掩饰自己大口地吃着饭和菜，但发现阿芫特别小心翼翼，饭菜几乎没动几筷子。便忍不住笑着嚷嚷：“阿芫，你这是怎么啦？平时可不是这样子的啊。”

阿芫还没说什么，那位赵远轻笑一声说：“阿芫这个人啊，就是没见识，眼光浅，没有到过大的场合。”

我一听这话，心里便很不舒服，阿芫怎么就叫没见识眼光浅？她懂的知识可多呢，天文地理，哪一样不是能跟人聊到嗨的？即便真的是我们年轻，没见过大的世界，可这中档次的餐厅我们还是来过的。

还没等我开口反驳赵远的这句话，又听得他下一句："小闹啊，你们这些草根出身的女孩子，就应该多到这种场合来见识见识，不然啊，以后找不到高层次的老公。"

我嘞个去，我当时一个大白眼就忍不住。怎么这场合就是高级的了？这不过就是一个吃饭的场合，一顿饭三五百元，虽然我们出身草根，也不见得在这里吃不起一顿饭。

经历上次之后，我对赵远这个人真心没有好感，但碍于阿芫的情面，我也只有忍了一口气。但终究，我不愿意再参加有赵远存在的场合。

有时候我忍不住问阿芫，赵远这人经常这样说话吗？阿芫点点头，但马上又急急解释，赵远他就是说话不中听，其实人还是蛮好的。

赵远人到底好不好，我真的不愿意评论。但是我对阿芫却有了一些同情，我不知道爱上一个人，大家是不是都有这种情况，但如果是我，因为爱情而要把自己低到尘埃里，我想我还是不要的好。

这一天，我和阿芫在一起时，赵远出现了。

自从有上次的经历后，有他出现时，我一向就会躲在一边，一是不想做电灯泡，二是对他也不甚有好感。

这次，我听到他们有些争执，阿芫低低的声音，有些哀求的味道。赵远不耐烦的声音传来：“叫你去场酒席怎么啦？那都是些大人物，你多认识些，对你以后有好处，你看看你，一身小地方出生的小家子气，以后怎么做我的老板娘？怎么叫别人看得起你？”

我胸口里的怒火腾地燃烧起来了，这不是赵远第一次要求阿芫出席他生意的应酬场合，有几次，阿芫出席他生意应酬场合，不曾饮过酒的她被人灌到醉，回来时吐了一地。

我冲过去一把拉住阿芫，说道：“不去，咱就不去。赵远，你把你女朋友当作什么了？陪酒小姐吗？”我怒道。

赵远显然也被我气到了，指着我：“你……你懂什么？她以后要做我的老板娘，就要懂得跟人应酬。”

“可阿芫从来不喜欢那些，你凭什么强迫她？你是她男朋友，不是上司，你没有资格要求女朋友做这些。”我毫不示弱，把心里的怒火全抛了出来。

“阿芫，你到底去不去？”赵远铁青着脸问阿芫。

阿芫摇摇头：“我不喜欢那场合。”她轻声地说道。

“好，你不去，果然都是小地方出来的，跟她一路没出息的货色。”赵远鄙夷地看了我一眼，转身大踏步离去。

那之后，我认真地问了问阿芫，你真的愿意嫁给赵远这样的人吗？你真的爱他吗？

阿芫当时有些沉默，后来轻轻地说了声，我也不知道。

但后来不久，阿芫还是跟赵远分手了，具体什么原因我不知道。我只知道分手后的阿芫，又渐渐地恢复到我从前喜欢的她的样子，我们一起逛街，在小摊上吃小吃，一起看电影，一起唱荒腔走板的歌曲。

再之后，我们双双遇到一位跟我们志同道合的人，我们四个人在一起谈天论地，喝便宜的啤酒，吃自己做的烧烤，我们不必顾及自己的吃相不雅，更无须担心有人会逼迫我们做自己不愿意做的事情。

我们天南地北海阔天空地闲扯，或者相约在一起，过贫穷却又浪漫的露营之夜。

我们越来越活出洒脱的自己，阿芫的身上再也没有了从前在赵远身边的小心翼翼，她像一只自由的小鸟，叽叽喳喳时刻倾诉自己的快乐与幸福。

亲爱的你们，我知道，你们也会有过我们曾经那样的迷茫和青春。可能会遇到一个时刻提醒你渺小，让你感觉到自卑的人。但你要知道，爱情，永远不是用卑微换来的，如果那个人给不了你愉悦和快乐，他即便是再优秀那也是白搭。

做快乐的自己，找寻最真实适合自己的爱情，离开那个让你自卑的人，才是我们正确的选择。

别用最坏的自己，来考验对方是否爱你

文 / ring_柠

爱情本身美好，美好的东西都是脆弱的，所以爱情经不起敲打。

周末，姐姐突然接到电话，公司董事急着赶飞机，让姐姐快点把材料送到机场。挂掉电话，姐姐说反正去上海，你最近写不出东西，顺便带你去城隍庙拜拜文曲星。

我尴尬地咳嗽一下，“嗯”了一声表示应允。

我和姐姐提前到了，闲着无聊，姐姐给我讲了最近一件很困扰她的事。

姐姐的同事小美，最近新谈了个男朋友。男朋友比她大三岁，成熟稳重，形象也很不错。最关键的是，对小美特别好。小美只是个平凡的女孩子，样貌普通。只是身边突然出现了个才貌双全的男友，她觉得有点不太真实。

于是，小美想试试对方的忠诚，就介绍自己的漂亮的朋友给他认识。结果朋友和男友接触一段时间，互相觉得很适合自己，然后两人携手同行在一起了。

小美愤愤地跑去和姐姐说，男人无所谓忠诚不忠诚，只是诱惑还不够。他喜欢我就是假的，还不是喜欢更漂亮的，男人一点定力都没有。

我笑着说:“保险公司都不敢卖爱情保险,她竟然敢去试探。”故事的最后，小美去了趟韩国整容。回来后漂亮很多，但是面对感情这件事，仍然不敢轻易地相信对方。

男人因为有钱，担心女朋友看上的只是他的钱财，就骗对方说自己破产了，结果对方放手。于是你欣然自得，怨恨对方的虚荣。女人找到了才貌双全的男友，总想考验对方的忠诚。于是介绍自己的漂亮的朋友给他认识，结果他们两人携手同行，留你一人在背后怨恨男人没有定力，抱怨天下男人全部经不起诱惑。

考验对方是因为自己不确定他是不是爱你，你不自信，于是不断困扰自己，这道藤蔓缠得越来越紧。拿钱试女人、拿女人试男人是自我犯贱的表现。可是总是有那么一些蠢人，喜欢给爱情设防来考验对方。

考验恋人这件事的性质本身就值得商榷。

真的需要刻意地考验彼此吗？一个人的日常行为不正可以显示品德吗？

我吃药的时候，看到一个有趣的新闻。

我去医院的时候，看到了一场车祸。

我和你妈同时掉进水里了，你救谁？满满的套路。

说来还真巧，室友早上给女友发了条“早上好”，却收到了女友发来的消息——“我吃药的时候，看到一个有趣的新闻。”

室友笑着对我说：“当时我还不知道这个套路，脑子蒙逼后第一反应就是大清早看到什么新闻。”等他准备把这句话发过去，突然觉得不妥，发过去的消息是“你吃什么药”。

女友发过来一大段话，解释这句话背后的含意。室友恍然大悟，冷汗直冒。男女亲密关系中，总是会遇到这样类似的考验。

爱情本身美好，美好的东西都是脆弱的，所以爱情经不起敲打。当你基于“对方值不值得我爱”“我们继续下去还是趁早分手”这些想法，出现“我故意不给他打电话，他会给我打电话吗？”“如果我和其他异性在一起，会有什么反应？”这些以放低自己的姿态，未经思考而刻意进行人为的考验，对另一个人是很不公平的。

你有制造考验的权利，但我并没有接受考验的义务。假若对方摸透了你的心思和意图，处处顺着你。然后将计就计，用假象来迎合你的考验，这种考验又有什么意思。

《挪威的森林》里有段考验人性和爱情的话：

我追求的是一种单纯的真情，一种完美的真情。比方说，现在我对你说我想吃草莓蛋糕，你就丢下一切，跑去为我买，然后喘着气回来对我说：“阿绿！阿绿！你看，草莓蛋糕！”

但是我会说：“哼！我现在不想吃啦！”然后把蛋糕从窗子扔出去。我要的爱情就是这个样子的。

我希望对方会说：“知道了，阿绿。我应该早点知道你不会吃草莓蛋糕，我真是笨得像驴子一样不会用大脑。对不起，我再去给你买别的。你喜欢什么？巧克力泡芙？还是起司蛋糕？”

如果他这样对我，我就会死心塌地爱他啦！

很多人认为爱情都是自私的，恰恰相反，爱情是付出而不是自私。其实人与人之间的所有感情都非常简单，无非“交换”二字。“交换”这个词社会性很重，恋人之所以能够相互依存，相互扶持，交换所得到的幸福感是必不可少的。

但大多数人，却有两种病态的心理：我给不起，所以你也别给我。或者我不想给，所以你也别给我。这不是很矛盾的吗？我喜欢你，你恰好喜欢我，无须付出和牺牲，不通过刻意的考验相伴一生并能真正做到的，难道不是我们每个人都最想要的爱情的样子吗？

固执地以为爱情的温床，经得住这所谓“考验”的打磨。殊不知，女人在床上流的泪，比任何地方都多。男人在床上撒的谎，也比任何地方都多。所以男人女人别老待在床上，虽然我们都渴望上床，哪怕是片刻的风光旖旎，灯光昏暗，尽情欢愉。但上床并不是我们生活的全部，所以我们悄悄下床。

考验分为两种：一种是人为设定，一种是必然遇到的。前者真的没必要，考验最终的结果往往是你不希望得到的结果。后者需要双方共同面对，努力克服。

如果把爱情的考验当作互相理解、考察和检验，爱情当然是需要考验的。从恋爱到婚姻，这种“考验”一直都在，只不过当事人都心照不宣而已。

但是，面对生活的压迫——工作、前途、父母，这些说是考验，不如说是切合实际的现实罢了。这些生活必然遇到的考验是必须战胜的，是需要感情的磨合，慢慢培养默契。这些来自现实生活的考验，不能随便因为质疑轻易地抛弃对方，对此考验下慎重做出的决定并不是没有必要的。

很多女生都曾问过另一半，你会不会一辈子爱我？一辈子、永远这些字眼谁能够轻易承诺。如果在此基础上考验对方，与其说是对别人的不信任，不如说是对自己的不信任。不如通过简单的接触相处，基本上就能感受对方的品质和对自己的感觉。

心理学中解释说可以根据某一种性格特征去推知另一性格特征，与此同时，也就可以察觉他对你的态度。一个人进入另一人思想的过程是很复杂的，从自己的思考和感受去认识另一个人本身就很危险。

存有考验的想法是很正常的事，但我们的正常之处，在于懂得自己的不正常。正确的爱情里，没有人因为虚拟的假象去考验彼此。不要轻易拿自己的爱情当作筹码，进行一场自己也不知道结果的旷日持久的赌局。

刻意而为的考验是一场爱的瘟疫，所有人都在为自己或者对方的爱而痛不欲生。

别在这么年轻时就成为“死鱼眼睛”

文 / 猪小闹

《红楼梦》里宝玉说：“女孩子未出嫁，是颗无价之宝珠；出了嫁，不知怎么就变出许多的不好的毛病，虽是颗珠子，却没有光彩宝色，是颗死珠子；再老了，更变得不是珠子，竟是鱼眼睛了。”

从前的我十分不赞同这句话，认为这根本就是纨绔子弟宝玉对已婚女子的歧视，女子任何阶段都有自己的美好，怎会如这未经世事的宝二爷之所说？

直到我见识到 L 小姐婚后的转变，我便无端地有些信了起来。

L 姑娘是我曾经的同事，年龄不大，出道甚早，在我入公司之时，她已经在公司里工作了七个年头。

我认识她时，她二十五岁，未婚。

那时的 L 姑娘长得个子小小，圆圆的脸，眯缝小眼，喜欢笑，走路时也蹦蹦跳跳。

初见她时，觉得她甚是有几分可爱，虽不甚美，全身却也充满了青春的气息。

L 姑娘在爱情上经历了几番磨难，她在她家里是老大，妹妹都已经嫁出去了。可她，却还一直没有男朋友。L 姑娘的父母十分操心，每年 L 姑娘回去，都赶紧安排人给她相亲。可在相亲的过程中，却屡屡出现了这样那样的问题。L 姑娘一直到了三十岁时，这才终于尘埃落定。

三十岁的 L 姑娘也不能算老，本来她就长了一张娃娃脸，笑起来时，有几分可爱。

可婚后的 L 姑娘，却不知怎的就迅速地变了个模样。

L 小姐婚后不到一年的时光，她的圆圆脸，很快变成了甩饼脸，小眼睛在脸上更是细微到看不见，体重由原来的 98 斤增长到了 140 斤，光从外形看，她完完全全地没有了从前的模样。

其实身材模样的改变，这倒还不算大问题，可怕的是她整个人的感觉也不同了。

原来未婚时的她，性格中有一点小任性，工作里面喜欢冲人发点儿小脾气。那时的她年轻，加上资格又老，大家也都大部分当她娇嗔，谁也没跟她计较什么，忍一忍就过去了。

可婚后的她，不再是从前的小任性，而是带着满脸的蛮横，她常常在工作中与不相干的中年妇人们毫不避讳地谈起一些与老公之间相处的闺房细节，再或者某天她老公对她表现的冷淡，她所起的一些怨愤，她不仅会跟妇人们抱怨，而且会把这些情绪带到工作之中。

很多时候，大家会被她突然兴起的怨怼情绪弄得面面相觑，尴尬到口不能言。

我们或多或少的明里暗里提醒她，不要在工作场合里谈论夫妻之间私密的事情，也不要把夫妻间的情绪带到工作中来，毕竟大家都是同事，谁也没有那闲工夫管你们家的鸡毛蒜皮。

她却认为大家都在嫉妒她，看不得她夫妻之间的“恩爱”。

时日久了，大家也就不再提醒她了，任由她每天跟别人聊她婆婆妈妈夫妻之间的私房话，大伙也只当是充耳不闻。

其实L姑娘如果光这样也就罢了，可有一天，她却疯了似的攻击一位比她年长几岁的同事，事情的起因是工作引起的矛盾，那位同事的工作程序在L姑娘之前，可能因为某些突发事件的原因耽搁了一会儿，影响了L姑娘的工作进度。

那位同事比她入公司晚几年，为人低调，工作认真，人也长得很清秀美丽。可 L 立即发起了好大的火，根本不听那同事的解释，先是说那同事影响了她工作，该如何承担责任。后来说着说着，却不知怎么的，扯起那同事的家庭情况来。

L 姑娘说："我早就看不惯你了，平常清高得跟什么似的。你是不是在背后说我不该秀恩爱了？我秀恩爱碍着你什么了？是不是因为你离婚了，你就看不得别人好？你看看你都这么大的年龄，连老公都不肯要你了，可见你活得多么失败！"

L 姑娘此话说完，我们全都惊呆了。

本来我们还在旁边相互地劝慰，让她们两个好好地说话。可她此话一出，所有人都无语了一分钟。那位年长的同事更是气得浑身发抖，眼泪在眼眶里打着转，嘴唇都几乎咬出血来。

立即有几位女同事看不过眼，气愤不过，说 L 姑娘说话不要太过分。

L 姑娘见惹起了众怒，倒也不敢再多说什么，只是恨恨地又盯了那已经出不得声的同事一眼，冷哼了一声回到了自己的座位上。

从那以后，L 姑娘仿佛成了一枚炸弹，人人都对她避而远之，除了工作上的正常交接，办公室里便再也没有一个人跟她说一句话。没过多久，L 姑娘终于忍受不了大家对她的冷淡，以怀孕为由，辞职离开了我们的办公室。事后还听某些同事说，L 姑娘始终意识不到自己哪里不对，一直说是别人看不惯她，大家都合着伙儿欺负她。

其实 L 姑娘的问题，多少也可以理解成情商较低的问题。在我们的身边，或多或少有那么一些 L 姑娘的影子。

情商低的人，不能算是什么坏人。她蠢就蠢在，看不清自己有多少斤两，拎不清哪些话哪些场合可说哪些场合不可说。

如果你青春年少，大家多少会体谅你年少无知，不跟你一般计较。

你已经到了成熟的年龄，却还愚蠢到不可原谅，也难怪别人厌恶你、遗弃你。

但情商低虽然不让人喜，但比起粗俗恶毒，却还是可以让人原谅。

明明还很年轻的姑娘，结过婚之后却不知怎么的便成了一个粗鄙恶俗的妇人。

没有羞涩感，也没有妩媚与成熟，没有为人妇的温柔豁达，更没有年少时的清纯如水。有的只是日渐增长的腰身和粗鄙不堪的语言。

她因为得到少许的爱而骄纵蛮横，认为世界都应该为她喝彩。而当她失去了一些时，便又马上成为一个怨怼的妇人，总觉得全世界都亏欠了她。

其实作为一个女子，任何时候你都是独立体，无论你是嫁或未嫁，都不是放纵你自己的理由。

可爱的女子可以有点小任性，但绝不可出口伤人。她可以有些小情趣，但绝不会当众邀宠。

作为一位现代女子，生存的压力无处不在，我们更需要做的是：在生活中不断地提升自己，而不是因为嫁了一个男人便有了一种荣耀感。即便你的爱人他真的不错，但那又如何呢？那绝不是你向别人炫耀的理由，你的生活根本就与他人无关。只有你自己优秀可爱、美丽善良，在那时，你炫或不炫，都有人真心地对你发出钦佩的声音。

生为女子，在工作和家庭里扮演不同的角色，时刻体验不同的人生。在任何时候，到了任何年龄，我们都不应该放纵自己的怨怼，任由自己在岁月里变成暗淡无光的死鱼眼睛。

努力保持自己的一颗清纯少女之心，不会因为拥有了某些爱而骄纵蛮横，也不会因为生活的单调枯燥变成“死鱼眼睛”，更多的时候，我们要努力屏蔽世俗的干扰，心似莲花，步步轻盈。

你我之间本无缘分，全靠我死撑

文 / 牧菁

不管全世界所有人怎么说，我都认为自己的感受才是正确的。无论别人怎么看，我绝不打乱自己的节奏。喜欢的事自然可以坚持，不喜欢怎么也长久不了。

●

公司招了一位实习生，据说是一位漂亮的姑娘。人还没来公司报到，人力资源部负责招聘的专员就已经放出关于这位姑娘的消息：复旦大学的高才生，能说善写，古筝钢琴都过了业余十级。但她来公司只想去市场营销部做一名销售。

大家对这位姑娘特别好奇，尤其是市场营销部的那些男生，望眼欲穿早已迫不及待地想认识这位姑娘了。公司市场营销部有一个怪现象，没有女生，一部门的男生，快要成为和尚部门了。这一回，听说终于要来一位姑娘了，她就像印度洋误点的风，还好吹来了。

周一的例会上，市场营销总监领着一位娇小玲珑的姑娘走进会议室，大家齐刷刷地看着他们。不出意外，每个人的目光都落在姑娘的身上。从他们放光的眼神里，得出结论：姑娘的确漂亮。

每个见过她的男生都说她皮肤特别好，白里透红，虽不是高个子，胜在婉约玲珑。况且她还有酒窝，这是加分项，我是最喜欢有酒窝的女生了，笑起来酒窝浅浅的，特别甜。男生们都说：你的酒窝没有酒，我却醉得像条狗。

总监这样介绍她：“陈离，我们的新同事，未来的战友，她来以后本部门终于有了颜值担当和才情担当了……”总监话还没说完，男同事们迫不及待地说：“欢迎欢迎，以后我们就是一家人了。”

那声音非常响亮而又整齐，好像事先经过排练的一样。他们满心期待地看着阿离姑娘。阿离笑了笑，在总监的引导下做了一个简单自我介绍。

阿离介绍自己：“我是复旦大学即将毕业的学生，来公司实习半年，这半年时间里，还望各位前辈多多关照。”阿离的声音如她的人一样，清甜清甜的。

她话音刚落，男同事们又说：“请阿离姑娘放心，一定会好好照顾的。”

这时，有个声音特别响亮地说道：“照顾一辈子都愿意。”

这句话是门清说的，大家都笑起来。阿离姑娘看着总监，也跟着笑起来。门清看着阿离，眼角都溢着情意。

门清是营销部常不“和牌”的那位，还经常想走“门前清”路线，只不过一次也没成功过。所以大家给他取了一个“门清”的外号，倒应景了“门庭冷落”之意。

自阿离来到市场营销部之后，每个人都干劲十足，主动找客户，挖客户，还非常积极主动协调客户与技术对接的问题，业绩蒸蒸日上。阿离姑娘来公司不到一个月就拿下两个单子了，虽不是几十万、几百万的大单子，一个十万和一个五万的单子也不算小，何况还是新人，这对于时常“不开和”的门清来说，已经非常了不起了。

门清的业绩仍然没什么起色，他能在市场营销部待那么久，也算是奇迹。对于一个销售人员来说，没开单就等同于没钱没能力。在阿离拿下两个单子之后，他终于按捺不住了，积极主动地去找阿离请教业务技巧。

实际他的心思不在业务上，而是在阿离身上。部门里其他同事看出门清的心思，便笑他：癞蛤蟆想吃天鹅肉。

门清根本不在意，还大放厥词："我不但要追到她，还要娶到她。"

同事们听后摇摇头，也没当真，只当是寻常玩笑话，然后继续干活了。

从那以后，门清每天早晨都会给阿离带早餐，中午会带阿离去公司附近还不错的餐馆吃饭，如果阿离自带午饭，他会帮阿离排队热饭。对阿离的关照，除了工作方面帮不上忙的，其他方面都事无巨细，全方位照顾。

同事们都说他，如果把对待阿离的心思放在业务上，何愁没客户？

门清的想法是，业务没有可以再谈，工作没有可以再找，不适合这行可以换行，但喜欢的姑娘如果成为别人家的，会后悔一辈子的。

但门清似乎忘记最为关键的一点：在最没能力的时候，遇到最想照顾的人，是一场悲剧。

阿离对待门清的态度与对待其他同事的态度一样，看不出什么特别，没有喜欢也没有讨厌。其实，阿离在不说话的时候，还是会透着一股高冷气质的，与人有距离感。不过一旦说起工作，又显得非常亲和。除却工作，她也不与同事们多说其他方面的事情。

阿离有次拿下一个单子，那天恰巧又是周五，第二天也不用上班，阿离便请部门同事吃饭。可能兴之所至，喝了点酒之后，大家从工作聊到生活，阿离说自己还是单身，周末无约会，一般都在家写写画画，弹弹琴。

一听说阿离还是单身，门清更加动力十足，从那以后，他不管做什么，首先想到的就是阿离了。

比如哪里又开了一家美食店啦，就想约阿离一起去品尝，就算没约成功，也会跑去买来带给阿离尝尝味道；走在路上看到一朵花也会想到阿离；去一次商场，看到许多漂亮裙子，会想象那些裙子穿在阿离身上多漂亮。先不说买不买得起，但有这份心也算难能可贵。

要说门清哪来的自信，除了脸皮厚点也真没其他特色了。工作能力一般，要钱也没有。更要命的是，初中辍学后就没再上学，走上社会虽然半工半读过一个大专，还被骗了，连毕业证也没拿到。大家会认为门清“软件”不行，“硬件”应该特别棒。至少是英俊潇洒，风流倜傥，再不济健壮的体魄总有的吧。

那大家统统都想错啦，这些与门清都不沾边。门清长得像网络上那个表情帝杨迪，小眼睛厚嘴唇，在我的审美概念里，那肯定是十足的丑角啊。

这样两个十分不般配的人，大概没有人会把门清追阿离的事情当回事吧，只当是一个笑话看看。就像他的工作能力一样，一直都是一个笑话。或许，他活得就像一个笑话。

很快，阿离半年的实习期已到，要回学校提交毕业论文和答辩，毕业之后要不要继续留在公司做销售，成为正式员工，阿离还在考虑。

阿离回校的前一天晚上，市场营销部门的同事一起聚餐了。聚餐结束后，门清当着众人的面，向阿离表白，其实一开始大家都知道门清这场仗毫无胜算，所以也不惊讶。只不过听到阿离说有喜欢的人了，都有点好奇，或许都想知道阿离喜欢的人是什么样子的。

门清被拒之后，闷声闷响地回去了。大家以为他就此死心了，或许也会放弃了。但是他没有，阿离走的那天，他又屁颠屁颠跑去送阿离，背着她的包，拉着她的行李箱，在火车站忙上忙下的。进站的时候，阿离对门清说："好好工作，你适合做销售的。只是还没找到适合的方法，你要加油哦。"

从那以后，门清不再当一天和尚撞一天钟了，对工作十分积极，也常锻炼自己，如何与客户沟通会比较有效果，方式也多变，不再执着于他的"门前清"套路了。在他多方努力之下，终于开单了，虽然不是什么大单子，也算值得庆祝。

阿离走后没多久，市场营销部的总监去了阿里巴巴，阿离毕业后没有再来公司。门清在不久后也离职了，离职之后，门清天天跑去听一些营销牛人的演讲和类似的培训课程。

令人意外的是，阿离毕业后也去了阿里巴巴，大家以为是总监推荐阿离去阿里巴巴的，毕竟上司带着下属离开原公司去别家公司也是常有的事情。

门清知道阿离在阿里巴巴之后，削尖了脑袋也要去阿里巴巴。后来，他如愿以偿，也进了阿里巴巴。反正都是做业务，在哪儿做都差不多。只要方法找对了，摸清楚了属于自己的门路，总能做得很好的。

半年之后，我们都收到了总监的结婚喜帖，这当然要去的。虽然不再是我们的上司了，但之前一起并肩作战的情谊还是在的。

在婚礼的酒席上，阿离一直失神，与我们这些好久未见的好哥们也没说上几句话。那天，阿离喝了许多酒，喝醉之后吐得一塌糊涂。阿离突然趴在门清的肩膀上哭得像个孩子。

“我喜欢他那么久了，我以为只要我变得足够优秀就可以和他站在一起了，可他还是不喜欢我。他念什么大学我就念什么大学；他在什么公司，我就去什么公司；他做什么行业我就做什么行业。不管我如何努力，他眼里、心里、脑海里都没有我。我和他之间本无缘分，全靠我死撑，我明白的。”

你我之间本无缘分，全靠我死撑。这句话是我听过有情人说过的最心酸的话了。

原来优秀漂亮的女生的爱情与我们这些凡夫俗子没有什么差别，也有无奈和悲伤，并不会因为漂亮和优秀就容易获得一份爱情。毕竟爱情不是买卖，出多少钱就能买多少；也不是耕田，并不是一分耕耘一分收获。

大家都有点不知所措，不知道如何安慰阿离，一群大老爷们的，实在不会安慰人。门清一直坐在阿离旁边，一边递纸巾，一边倒水，默默地听着她酒后发泄。

原以为，现在的门清也没那么糟糕了，可能有戏了，大家之前的不看好，现在倒也变得可能了。

三个月后，阿离恋爱了，只不过对方不是门清，这让人有点意外。我们以为门清会很难过，约他出来喝酒，他不来，他说在帮阿离找点资料，阿离出差需要用。

这让我们大跌眼镜，按照正常人的思维是，一般遇见求而不得的人，或表白被拒之后，要么躲起来疗伤，要么丢盔弃甲另寻他处。明明知道没机会了，你喜欢的人不喜欢你，还死缠烂打，是不是太 low ？

后来我也换了工作，断断续续听到一些关于原同事们的消息，比如：阿离离开阿里巴巴了，去一家名不见经传的公司当上了营销总监，挽救了那家公司的业绩，在业界崭露头角；总监依旧在阿里巴巴，婚后已经有了孩子；门清毫无意外地跟着阿离去了那家名不见经传的公司；其他同事如同我一样，过着不咸不淡的生活，做着一份不太喜欢但收入还可以的工作，也遇见了一个没那么喜欢却还能在一起过日子的人。

我想，人生大概就是这样苟且下去了。

三年后，我在出差的路上，收到了门清的短信，他说："哥们儿，这个五一我要结婚了,你可一定要来哦。"我立马打电话去问他,新娘子是谁?门清幸福地说："当然是我发誓也要娶到手的阿离啰。"

这小子真行啊，还真将阿离娶到手了。我去参加他们的婚礼，坐在席间，看着门清笑得嘴巴都歪了，两只小眼睛特别有神，原本厚嘴唇显得更加性感了。阿离始终淡淡地笑着，两个小酒窝带着甜意。

我突然想起第一次遇见阿离的样子，在当时，我也对阿离着迷过，看着她的酒窝就能醉。如今想来，恍如隔世。

我并不比门清差，只不过在女神面前，总显得自卑了些。所以当我知道阿离有喜欢的人之后，早已丢盔弃甲了。

有时候想想，你我之间本无缘分，全靠我死撑，或许再撑一撑，也就能撑出一片想要的天地了。有时候，死撑并不全是心酸，或许也是幸福啊。

尽管阿离是复旦的高才生，集才华与美貌于一身，尽管职位高挣钱多工作能力很强，但还是被一个什么都不如她的男人攻克了。

这世间还真是无难事，就怕有心人。

屌丝逆袭娶到女神，并不是个例。虽然我不知道阿离是怎么想的，但他们婚后几年一直生活得不错，大概是真的不错吧。

村上春树说："不管全世界所有人怎么说，我都认为自己的感受才是正确的。无论别人怎么看，我绝不打乱自己的节奏。喜欢的事自然可以坚持，不喜欢怎么也长久不了。"

只有真正喜欢，真正爱的人事，才不会那么轻易丢盔弃甲，按照自己的节奏，不慌不乱地去做，何必在意别人怎么说？努力之后能在一起会更好，没有在一起也不后悔。人生在世说长也长，说短也短，总要坚持做一件事情，执着地爱一个人，不求结果，只求人生无憾。

有句话说：我们都会有这样的时候，执着地去做一件事，执着地去爱一个人，全然不管对方的态度，以为只要付出了，就一定会有自己所期望的回报。殊不知，有些事情，只有等你渐渐清醒了，才明白它是个错误。

其实“错误”的是，你期望有回报，如果不求回报，只是单纯地想做好一件事情，有能力去爱一个人，也是很幸福的。

遇见喜欢的人了，缘分这东西也需要努力撑一撑的，撑一撑就有不一样的天地了。幸福是自己的，闲言碎语是别人的。

屌丝们加油吧，女神就在不远处等你。